艶《つや》同心

八神淳一

祥伝社文庫

目次

艶《つや》同心

一

並木真之介《なみきしんのすけ》は、あくびをこらえきれなかった。

時は九つ（午前零《れい》時頃）である。

あくびが出てもおかしくない時刻ではあったが、あごが外《はず》れんばかりの容子《ようす》を筆頭《ひっとう》同心《どうしん》の田口勝俊《たぐちかつとし》に見られたら、大目玉を食らうだろう。

いや、田口でなくても、皆、顔をしかめるに違いない。

真之介は南町奉行所の定町廻《じようまちまわ》りの同心であった。そして、今はまさに大捕物の真っ最中なのであった。あくびなどしている場合ではなかった。

南町奉行所は、この半年近く江戸市中を騒《さわ》がしている盗賊《とうぞく》の闇鴉《やみがらす》を追っていた。

それがようやく今夜、京橋《きようばし》の呉服問屋松島屋《まつしまや》を襲うという情報を得て、総出で張っている只中《ただなか》だった。

果たして情報は確かだった。闇鴉を一網打尽《いちもうだじん》にするべく、さきほど町方が松島屋を囲み終えたようだった。

ようだった、というのは、静まり返った中、にわかに、松島屋の方向が騒がしくなっていたからだった。

他人事《ひとごと》のようであるのも仕方がなかった。

真之介は闇鴉の一味が、万が一、捕方《とりかた》から逃《のが》れた場合、逃げ道として想定される可能性が一番低い場所に立っていたのだ。

可能性が低いとはいっても、万が一ということがある。だから、誰か人を置いておかなければならない。

出来る同心や岡っ引きたちには、なるべく捕縛で活躍してもらいたい。

ということで、捕縛ではまったく活躍が見込めない真之介が、ここの見張りを任《まか》されていた。

真之介のあくびは止まらない。松島屋の方はまだ騒がしかった。捕物が続いているようだ。

突然、町屋の塀《へい》を、黒装束《くろしょうぞく》の男が乗り越えてきた。

すぐそばに、同心が立っていることに気づき、ぎょっとする。戻ろうとしたが、待てっ、という捕方の声が追ってくる。

大口を開けている同心を見て、黒装束の男が匕首《あいくち》を取り出した。今度は真之介がぎょっとする番であった。自慢ではないが、やっとうはからっきしである。

腰に二本差していたが、まさに飾りに過ぎなかった。これまで抜いたことなど一度もない。抜こうと思ったことさえなかった。

黒装束の男が、匕首を手に迫ってきた。へなちょこだと判断したようだ。その判断は当たっていた。さすが、闇鴉の一味だと真之介は感心していた。

が、感心している場合ではなかった。太刀《たち》を抜かなくては、こちらがやられてしまう。

匕首が迫ってくる。想像すらしなかった展開に、柄《つか》さえ握《にぎ》れない。命《いのち》懸《が》けで迫ってくる盗賊を前にして、躰《からだ》が硬直してしまっていた。

もう駄目だ、と覚悟を決めた時、甘い薫《かお》りが真之介の鼻孔《びこう》をかすめた。

と思った刹那《せつな》、ううっ、といううめき声と共に、真之介の目の前で盗賊が倒れた。

人影は、小袖姿《こそで》の女人に変わった。

髷《まげ》は結《ゆ》っておらず、長い髪を背中に流し、根結《ね》いにしていた。その女人の手には、太刀が握られていた。真之介の太刀であった。

「これを……」

女人が近寄り、真之介に太刀を渡した。

月明かりを受けた女人は、目を見張るような美貌の持ち主であった。

塀の向こうから、捕方の声が聞こえてきた。塀を乗り越え、次々とこちらにやってくる。

「頭《かしら》の剛介《ごうすけ》ですっ」

と峰《みね》打《う》ちで倒れている盗賊の顔を見た岡っ引きが叫んだ。

おうっ、と集まってきた捕方の歓声があがった。皆、驚きの目で、真之介を見ている。

筆頭同心の田口が近寄ってきた。

「並木、見事であったぞ」

はあ、と真之介は首を傾《かし》げ、自分が太刀を手にしていることに気がついた。あわてて美貌の女人を探したが、その姿はなかった。

翌日、真之介は神田《かんだ》を歩いていた。

小銀杏《こいちょう》に結った髷に黒羽織姿は、八丁堀《はっちょうぼり》の旦那、と町人たちから一目置かれる存在である。

しかし、真之介は、これまでは、あまり一目置かれてはいなかった。が、闇鴉の一件は、すでに町中の噂《うわさ》になっていて、さすが並木の旦那ですね、とあちこちから声が掛かった。

真之介は声を掛けられるたびに、俺じゃないんだ、と言おうとした。が、口をもぐもぐさせている間に、気が短い江戸っ子は、すでに真之介の前から消えていた。

真之介は、昨夜の女人を探して、朝から道場をまわっていた。

闇鴉の頭を、あっという間に峰打ちで倒した剣捌《けんさば》きは並のものではなかった。あれだけの遣《つか》い手《て》なら、どこかの道場で稽古《けいこ》を積んでいるはずだ、と思ったのだ。

定町廻りの見廻りの傍《かたわ》ら、目についた道場を片っ端からのぞいていた。

そして昼下がり。

真之介はとある道場をのぞいた。稽古は終わっているようで、道場には人の姿はない。

誰かいないか、と井戸端に足を向けた。すると、いきなり、真之介の目に白い肌が飛び込んできた。

稽古着に袴《はかま》姿の女人が、諸肌《もろはだ》を脱いで、汗を拭《ぬぐ》っていたのだ。

女人はこちらに背中を向けているため、真之介には気づいていない。

しかし、なんと美しい肌なのだろうか。背中は薄く、腰が折れそうなほどくびれている。

女人は横を向き、井戸からあらたに水を汲《く》み上げようと、桶《おけ》を落として、滑車《かっしゃ》を引きはじめた。

真之介の目に、女人の乳房が映っていた。

そのあまりの形の良さに、真之介は我を忘れて見入っていた。

女人の乳房というものは、あんなに綺麗《きれい》な形をしているものだったのか。

桶を引き上げた女人が真之介の視線に気づき、こちらに顔を向けた。

あっ、という声をあげ、滑車から手を離した。がらがらと音を立てて、水が入った桶が井戸に落ちていく。

真之介も、あっ、と声をあげていた。

その女人こそ、昨夜の美貌の女剣客だったのだ。

「ご覧になっては、なりません……」

そう言って、女人が両腕であらわな胸元を抱いて、背中を向けた。

乳房が視界から消えて、真之介は自分がやっていることに気がついた。

「申し訳ないっ……いや、のぞくつもりでは……いや、のぞいていたわけではないのだ……そなたの乳が……偶然、目に入ってきたというか」

乳が、というと、いや、と女人が恥じらいの声をあげて、かぶりを振った。うなじが朱色に染まっていく。

「いや、とにかく、すまない……」

出直して参る、と言うと、真之介は井戸端から出ていった。

二

真之介は道場の門が見える松の木の陰で、昨夜の女人が出てくるのを待っていた。

小半刻《こはんとき》（約三十分）ほどすると、小袖姿の女人が出てきた。髷を結ったとても品のいい物腰の女人であった。

あの女人だったろうか。小袖姿の女人は、腰に一本差しているわけでもなかった。が、あの目を見張るような美貌は、昨夜の女人のものだ。そうそう、あれだけのいい女がいるわけがない。

真之介は松の陰から出て、声を掛けようとしたものの、なんとなく掛けそびれ、後を尾《つ》ける形となった。

自然と後ろ姿を見ることになる。

柳腰《やなぎごし》というのだろうか、ほっそりとして、しなやかな感じがする。

とても、闇鴉の頭を一撃で倒した遣い手には見えない。しかし、間違いなく、真之介の前で倒したのだ。

小袖の裾からちらりとのぞく、ふくらはぎの白さにどきりとする。

真之介の脳裏《のうり》に、さきほど見た乳房が蘇《よみがえ》り、道を歩きながら、顔を赤くさせていた。

女人が右手に曲がった。小さな寺の境内《けいだい》に入っていく。廃寺のようだった。真之介も入ると、女人が本堂の前で待っていた。

「同心様ですよね」

と澄《す》んだ瞳《ひとみ》で真之介を真っ直ぐに見つめつつ、女人が訊《き》いてきた。

これほどの美人に見つめられたことのない真之介は、どぎまぎしながらも、

「そ、そうです……南町奉行所の定町廻り同心……並木真之介と申します」

とどうにか、名乗っていた。

「花岡《はなおか》紗季《さき》と申します。父は番方《ばんかた》を務めております」

どうやら旗本の姫のようであった。

「そうですか。紗季様ですか」

凛《りん》とした美貌に似合ったいい名だと思った。

「あなたは、昨夜の方ですよね」

と真之介が訊いた。

はい、と紗季が素直にうなずいた。

「ありがとうございました。お陰で、闇鴉の頭を捕らえることが出来ました」

「あら、あの男は盗賊の頭だったのですか」

「はい。そうです。紗季様のお陰です」

「まあ……」

紗季が驚いた顔をした。その表情が、また愛らしかった。

「私の手柄《てがら》となってしまい、紗季様には申し訳なく思っています」

「そのようなこと……」

「なにか、お礼をしたいと思って、道場を探していたのです」

「さすが同心様ですね。たった一日で、私を見つけるなんて」

と紗季が感心したように真之介を見つめる。たまたまだったが、尊敬の目で見つめられて悪い気はしない。

「あの、さきほどは……失礼しました」

あらためて言わなくてもいいのに、真之介は乳房を見たことを謝った。

「あっ……ああ……なんて、はしたない姿を……お見せしてしまって……」

紗季の白い美貌が、さあっと赤く染まっていく。

「すいません。野暮なもので……あ、あの、しかしなんとも、やっとうの腕はたいしたものですね」

と真之介は言った。

「はい。幼き頃より父から剣術を教わっていまして、筋が良かったようで……」

「そうですか。うらやましいです。私など、からっきし駄目でして」

「同心様なのに、ですか」

「はい」

同心という職は世襲制でない。しかし、たいてい、その息子が後を継いだ。やっとうが使えるかどうかなど、関係なかった。

「少しは使えるようになったほうがいいのですが」

「あの、なにか礼をしたい、とおっしゃいましたよね」

と紗季が訊いた。はい、と真之介はうなずく。

「一つ、聞きたいことがあるのです」

「なんでしょうか？」

「旗本や御家人の妻女が、人知れず攫《さら》われ、そして辱《はずかし》めを受けて、帰される事件が起こっていますよね」

「そ、それは……」

「今、探索はどうなっているのか、教えて欲しいのです」

そのような事件などない、としらを切ることも出来たが、紗季の真摯《しんし》な目で見つめられ、話すことにした。

これは内密の事件であった。

四月《よつき》ほど前より、旗本や御家人の妻女が、忽然《こつぜん》と姿を消し、数日後、戻ってくる、ということが起こっているようであった。

ようであった、というのは、被害にあったほとんどの家が、世間体《せけんてい》を憚《はばか》り、奉行所に訴え出ていないからだった。

武家というものは体面をなにより気にする。被害者とはいえ、娘が数日何者かに攫われたとなれば、その後の縁談にも関係してくる。

ただ、やはりどうしても怒りを抑《おさ》えきれない親はいて、内々に、伝手《つて》を頼って、奉行所に賊を捕らえて欲しい、という話は来ていた。

実際、真之介も幼馴染《おさななじ》みから、見知らぬ男に攫われ、丸二日間、監禁され、そして解放されたという話を聞かされていた。

その娘の名は小坂志穂《こさかしほ》といった。遠い親戚に当たる者の娘で、組屋敷が近かったため、季節の行事ごとに顔を合わせていた。

「父上は、絶対、表沙汰《おもてざた》にしてはならぬ、とおっしゃっています。母上も同じ考えです。されど、私はゆるせないのです。このまま泣き寝入りすれば、また、どこかの旗本や御家人の娘が、あいつらに攫われ、凌辱《りょうじょく》を受けてしまうのです。あんなつらい思いをするのは、私を最後にしたいのです」

ふたまわり（二週間）ほど前、定町廻りの途中で、志穂に呼び止められ、近くの汁粉《しるこ》屋の二階の個室で、事件の話を聞かされたばかりなのだ。

「並木様。どんなことをしても、賊を捕まえてください」

「なにか、賊を判別するような特徴はないのですか」

「あります。賊は三人いるのですけれど、その内の一人が、胸板に般若《はんにゃ》の彫《ほ》り物を彫っているのです」

「般若ですか」

「はい。それも、私のような素人《しろうと》が見ても、とてもいい拵《こしら》えなのです」

「腕のいい彫り師が彫ったもの、ということですか」

「はい。顔立ちはよくわかりません。私を犯す時は、ずっと黒頭巾《くろずきん》を被《かぶ》っていましたから」

「そうですか」

「般若の目は、燃えるような赤でした。それで、犯される私を、じっと見つめていました。私は般若に犯されているような気がしました」

志穂はとても気丈に話してくれたが、犯す、と口にするたびに、声が震えていた。

必ず、捕まえます、と約束し、実際、真之介は独自の探索を続けていた。

「どうやって探索しているのですか」

と紗季が訊いた。

「彫り師のもとを訪ねてまわっているところです。一日に一人、このふたまわりで、十人の彫り師を訪ねました」

「それで、成果は」

「わかりません」

「わからない？」

「客のことは話せない、という彫り師が多くて」

「それで、引き下がっているのですか」

「はい。すいません」

と真之介は紗季に謝っていた。

やっとうには自信がないが、かといって、探索には優れているというわけでもなかったのだ。

が、彫り師を当たる、という考えは間違っていない、と真之介は思っていた。

志穂が見たものは、かなり腕のいい彫り師が彫った般若だと思われるのだ。そうそう、腕のいい彫り師などいない。

「怪しい彫り師はいるのですが」

と真之介が言った。

「その彫り師の名と商《あきな》いをしている場所を教えてくれませんか」

「どうするのですか」

「私が訪ねて、訊いてみます」

「しかし、旗本の姫様が……彫り師のところなど……」

「大丈夫です。私の剣術の腕はご存じでしょう」

「まあ、そうですが」

お礼代わりに教えてください、と言われ、真之介は彫り師の名を告げていた。

三

その日の夕刻、紗季は深川《ふかがわ》にいた。

深川ははじめてだった。そもそも、橋を渡って大川《おおかわ》のこちら側に来たのもはじめてのことだった。

富岡八幡宮《とみおかはちまんぐう》の前を通り過ぎ、裏通りに足を向ける。

岡場所である。

品のいい柄の小袖姿が似合う、見るからに武家の姫の紗季が一人で歩くような場所ではなかった。

完全に浮いていた。女郎を買いに来た道行く男たちは、紗季をじろりと見るものの、あまりに場違いで、馴《な》れ馴れしく声を掛けたりはしなかった。

そうさせない凛とした雰囲気が、紗季にはあった。

彫辰《ほりたつ》、と書かれた小さな看板を見つけた。二階屋の二階だった。紗季は狭い階段を上がっていった。

行灯《あんどん》の明かりの下、板間に男が座っていた。三十くらいだろうか。褌《ふんどし》だけである。場違いな武家の姫を、じろり、と見つめる。その太い二の腕には、龍の彫り物が彫ってあった。

今にも、紗季に向かって飛びかかってくるような迫力があった。かなりの腕がある、と紗季も感じた。

「あの……」

「なんだい」

「彫辰さんは、あなたでしょうか」

「そうだが」

「あの、彫って欲しいのです」

「誰にだい」

「私にです。私に般若を彫って欲しいのです」

「あんた、お武家の姫様だろう。俺をからかっているのかい」

「まさか。一大決心で、ここまで来たのです。彫辰さんが江戸で一番の彫り師だと聞いて来ました」

「まあ、俺以上の腕を持った彫り師は江戸中探してもいないがな」

「それで、般若を彫って欲しいのですけど、実物を見たいんです」

「実物って、彫ったものを見たいってことかい」

「はい、そうです」

「これを見れば、俺の腕はわかるだろう」

と彫辰が二の腕を突き出し、龍の彫り物を見せつける。

「般若の出来上がりを見てみないと」

「俺が彫った客を呼びつけろ、ということかい」

「はい。おねがいします」

と紗季は頭を下げる。

「そんなことが出来るかい」

「あの……ち、乳に……彫って欲しいと思っています」

紗季は思い切って、片肌を脱いで見せた。形良く実った右の乳房があらわれた。

行灯の明かりを受けて、白く浮かび上がる。

「これは。なんとも綺麗な乳じゃないかい。さすがお武家の姫様だな」

彫辰が身を乗り出した。

紗季は竹刀《しない》代わりになるものを、探していた。得物《えもの》さえあれば、この身は大丈夫だと思っていた。

板間の隅に、箒《ほうき》が立てかけてあった。いざとなれば、あれを手にすればいい、と思った。

「この乳に般若を彫って欲しいのです」

「そうかい。そこに般若をかい」

紗季の乳房を見つめる彫辰の目が光りはじめる。劣情というより、彫り師としての血が騒ぎはじめたようだ。

剝《む》き出しの乳房をじっと見つめられ、紗季は生きた心地がしない。が、ここが我慢のしどころだ。

紗季は生娘《きむすめ》ではない。一度、真崎秀次郎《まさきしゅうじろう》という、とある旗本の次男とまぐわっていた。真崎とは同じ道場に通っていた。そこで、お互いの気持ちに気づき、紗季は処女を捧《ささ》げていた。

そのことに悔《く》いはなかったが、真崎秀次郎はふた月前、何者かに殺されてしまった。

辻斬り、ということになっていたが、紗季はずっと疑問を持っていた。

「是非とも彫らせてもらえないか」

彫辰は取り憑《つ》かれたような目で、紗季の乳房を見つめていた。

「実物を見せてもらえますか。出来れば、胸板に彫った般若を見てみたいのですが」

「胸板かい。ああ、半年前に彫ったことがあるな」

「その方を、呼んでくださいませんか」

「めんどうだな」

「そうですか。では、他の彫り師に当たってみます」

そう言って、紗季は剝き出しにさせた白い腕を、小袖の袖に通した。彫辰の目の前から、魅惑の乳房が消える。

「待ってくれ。明日、同じ刻限に、ここに来てくれないか」

「わかりました」

「あんた様の名を教えてくれないか」

「紗季、と申します」

声が震えていた。

番町《ばんちょう》の屋敷に戻った時には、五つ（午後八時頃）をまわっていた。

すでに父の甚八郎《じんぱちろう》は千代田《ちよだ》の城でのお勤めを終えて、帰宅していた。

「お勤め、ご苦労様でございます」

とあいさつに来た娘を、甚八郎が、困ったものだ、という顔で見つめた。

「おまえも知っている通り、旗本や御家人の妻女を攫う事件が起こっているのだ。危ないゆえ、このような刻限まで、一人で出歩くな、と言っておるだろう」

「以後、気をつけます」

そう言われると、もう甚八郎はなにも言えなくなる。

父と娘だけの暮らしであった。もちろん使用人はいたが、肉親は二人だけである。

三年前に流行病《はやりやまい》で亡くなった母に、紗季はますます似てきていた。

甚八郎は、紗季と接していると、妻と娘の二人同時に相手にしているような気になった。

紗季も年頃である。りっぱな養子をもらい、花岡家を継がせなくてはならない。

が、紗季にはまったくその気がないようだ。

紗季が興味があるのは、やっとうだけ。なかなか男子が生まれず、じれた甚八郎が娘に剣の手解《てほど》きをしたのが間違いであった。

幸か不幸か、紗季には剣の才があり、めきめきと力をつけ、道場でも五本の指に入るような剣客となっていた。

これが男子であれば良かったのだが、女のやっとう遣いとなると、いくら器量よしでも、縁遠くなっていた。

四

翌日の夕刻、紗季は大川を渡り、ふたたび深川の地を踏んでいた。

「待っていましたぜ、お武家の姫様」

狭い階段を上がると、彫辰の他に、もう一人男がいた。胡乱《うろん》な雰囲気を漂《ただよ》わせた、目つきの鋭い男であった。視線だけで、女人を犯すようなおぞましさを感じた。

「この姫様が、般若の彫り物を乳に彫りたい、と言っているのかい」

と目つきの鋭い男が言った。

「そうですぜ、以蔵《いぞう》さん」

「ほう、そうかい。どうして、乳に般若を彫りたいんだい。訳を聞かせてくれないか」

「それは、言えません……」

紗季は俯《うつむ》き加減にそう言った。

「まあ、訳ありじゃないと、お武家の姫様が彫り物なんて入れないだろうがな。まあいいだろう。あんたが素っ裸になったら、俺も裸になろうじゃないか」

と以蔵と呼ばれた目つきの鋭い男が言った。

「す、素っ裸に……」

「そうだ。彫り物のために、ここで素っ裸になれるかい」

「わかりました」

紗季はうなずいた。

この男が下手人の一人だと、紗季は感じた。是非とも、胸板の彫り物を見て、確かめたかった。

紗季は小袖の帯に手を掛けた。

彫辰と胡乱な男が、じっと紗季を見つめている。行灯の明かりが、やけに眩《まぶ》しく感じる。

帯を解《ほど》くと、小袖の前をはだけた。すると肌襦袢《じゅばん》があらわれる。

思えばよく、昨日は、乳房を出せたものだ。

肌襦袢の腰紐の結び目を解き、前をはだけていった。

すると、乳房があらわとなった。今宵《こよい》は左右二つともだ。

「ほう、これはなんともそそる乳だな」

と以蔵が言った。

「そこに、般若の彫り物かい。俺も是非とも見てみたいもんだな」

紗季は小袖と肌襦袢を共に、躰の曲線に沿って滑《すべ》らせていった。

腰巻きだけの躰があらわれる。

紗季は、はあっ、と羞恥《しゅうち》の息を吐き、思わず、両腕で乳房を抱いていた。

「乳を隠してどうするんだい。乳に彫ってもらいたいんだろう」

と以蔵が言う。

そうですね、と火の息を吐きつつ、紗季は両腕を脇にやる。するとまた、美麗なふくらみが、男たちの視線に晒《さら》される。

「脱ぎました……さあ、般若の彫り物を、見せてください」

「俺は素っ裸と言っただろう。まだ一枚、残っているじゃないかい、姫様」

「は、はい……」

紗季は腰巻きに手を掛ける。その指が震えている。

ここまでして、賊を捕まえる必要などないのでは、とふと紗季は思った。

でもこのままでは、新たな被害者が生まれてしまう。誰かが、やらないと。

やっとうの腕を、役に立てたかった。道場で、門弟相手に勝っているだけの剣術では物足りなくなっていた。

過日、捕物に出くわした時も、旗本や御家人の妻女が攫われる事件の賊を探して、危険を承知で夜中に一人歩きをしていたのだ。あの時は、懐《ふところ》に懐剣《かいけん》を忍ばせていた。

今も、得物を手にすれば、胡乱な男にも負けない、という自信があるから、腰巻き一枚にもなれていた。

今宵も板間の隅に、笄が立てかけてある。身の危険を感じたら、笄を摑《つか》めばいい。

むしろ、今、身の危険を感じたい、とさえ思ってしまう。けれどまだ駄目だ。この男が賊だと決まったわけではない。

「どうした、姫様」

紗季は思い切って、腰巻きも取った。

下腹の陰《かげ》りがあらわれた。それは旗本の娘らしく、とても品良く生え揃《そろ》っていた。縦の切れ込みを飾る恥毛は、絹のようだ。

「ほう、これは素晴らしい」

と以蔵と彫辰が、共に感嘆の声を洩《も》らし、身を乗り出してくる。

紗季の股間に、男たちの熱い息がかかってくる。

今にも手を出してきそうだ。けれど、手を出してはこない。

「さあ……脱ぎました……あなたも……脱いでください」

羞恥の息を吐きつつ、紗季はそう言った。両腕で乳房と下腹の陰りを隠したかったが、懸命に我慢していた。

「乳首が立ってきているぜ、姫様」

と彫辰が言った。

えっ、と乳房に目を向けると、乳輪に埋まっていたはずの乳首が、いつの間にかつんとしたとがりを見せていた。

「俺たちに裸を見られて、うれしいのかい」

いいえ、と紗季はかぶりを振るものの、自分の躰の反応にとまどっていた。

羞恥が倍加し、腋《わき》の下が汗ばんだ。

男たちの紗季の裸体を見る目つきが、さらに卑猥《ひわい》になっていく。

「ああ……見ているだけではなくて……はやく、あなたも脱いでください」

火の息を吐くように、紗季はそう言った。

以蔵が立ち上がった。そして着物の帯の結び目を解くなり、さっと着物を脱いでいった。

いきなり、褌一枚の筋肉隆々とした躰があらわれる。

「あっ……」

紗季は生まれたままの裸体を震わせた。

般若が紗季をにらんでいた。目つきの鋭い男の胸板に彫られた般若は、生きているようだった。

燃えるような目が、紗季を犯していた。

『般若の目は、燃えるような赤でした。それで、犯される私を、じっと見つめていました。私は般若に犯されているような気がしました』

あの同心に相談した娘が体験したことと同じことを、今、紗季は体験していた。

この男が賊の一人に間違いない、と紗季は確信した。

「どうですかい、姫様。いい出来でしょう」

と彫辰が紗季の乳房を凝視《ぎょうし》しつつ、訊いてくる。

「は、はい……生きているようです……ああ、是非とも……私の乳に……同じものを
……ああ、彫ってください」

賊を見つけたという昂《たか》ぶりに、紗季の声も躰も震えていた。

五

紗季は以蔵を尾けていた。今宵は隠れ家を突き止め、定町廻り同心の並木様にお知らせするつもりだった。

いや、隠れ家を突き止めた後、屋敷に戻り、刀を手に、乗り込んでしまおうか。

紗季は父から貰《もら》った太刀を持っていた。

紗季は逸《はや》る気持ちを抑え、まずは、隠れ家だ、と慎重に後を尾けた。

以蔵は岡場所の喧噪《けんそう》を抜け出ると、本所《ほんじょ》の方に向かって歩いていた。そして、小名《おな》木《ぎ》川沿いを東に向かって行く。

往来を歩く人の姿がどんどん減っていく。女の一人歩きは危ない刻限となってい

く。

それでも構わず、紗季は以蔵の後を尾けていく。以蔵がとある寺の山門をくぐった。紗季はしばらく待って、境内《けいだい》に足を踏み入れた。どうやら廃寺のようだった。

境内が落ち葉で埋《う》まっている。朽《く》ちかけた本堂より明かりが洩れていた。

ここだ。

このまま、八丁堀まで走り、並木様にお伝えするべきだと思った。一人で乗り込むのはよくない。

落ち着かなければ。逸る気持ちを、紗季は懸命に抑えようとする。なまじ、腕に自信があるだけに、踏み込みたくなる。

が得物がない。番町の屋敷は、八丁堀より遠いのだ。

「あっ、おやめくださいっ……ああ、どうかおゆるしをっ」

いきなり本堂より、女人の声が聞こえてきた。

誰か、囚《とら》われの身の武家女がいる……。

紗季は目に入った太い枝を手に、本堂へと近寄っていく。

「ああっ、おゆるしをっ……あ、ああっ、誰かっ、助けてっ」

女人の悲鳴が聞こえてくる。

紗季は一気に本堂に迫った。あちこちに節穴《ふしあな》があった。そのうちの一つに、目を寄せていく。

すると、天井より垂れた縄に、女人が両腕を万歳《ばんざい》する形に吊り下げられていた。縄は梁《はり》に通されている。

その女人を三人の男が囲んでいた。いずれも、頭巾《ずきん》を被っていた。着流しであった。以蔵もそうであったが、浪人のように見えた。

男の一人が女人の帯に手を掛け、しゅっと衣擦《きぬず》れの音をさせて引き抜いた。すると小袖の前がはだけ、肌襦袢があらわれた。

小袖も肌襦袢も高価なものであった。女人は恐らく旗本の娘なのでは、と紗季は思った。

肌襦袢もはだけられ、乳房がこぼれ出た。それはとても形良く実っていて、男たちの前でぷるんっと弾んだ。

「いい乳をしているじゃないか」

と帯を解いた男が言った。そして乳房に手を伸ばし、鷲摑《わしづか》みにする。

「ああっ、おやめくださいっ」

もう一人も弾む乳房に手を伸ばしていった。頭巾を被った男たちが、乳房を揉《も》みしだく様は、異様であった。

その手が、女人の腰巻きにかかった。

「おやめくださいませっ。ああ、誰かっ、お助けくださいっ」

女人がこちらに向かって、叫ぶ。

紗季は自分に向かって救いを求められているような気がした。

腰巻きが剝ぎ取られた。すると、下腹の陰りがあらわれた。

行灯の明かりを受けて、品良く生え揃っている陰りが、とても悩ましく浮かび上がる。

そこに、三人の頭巾の男たちが、手を伸ばしていった。

「いやっ、おやめくださいっ……ああ、助けてっ」

女人が懸命に叫ぶ。

助けなければ。このままだと、あの女人は三人の男たちの餌食《えじき》となってしまう。

紗季は本堂を見回した。すると、あちこちに、とても無造作に脇差が鞘《さや》ごと三本ころがっていた。

「さっそく、味見といくか」

一人がそう言うと、着物を脱ぎはじめた。下帯一枚となり、それもすぐに脱いでいった。胸板が分厚かった。

反《そ》り返った魔羅《まら》があらわれると、いやっ、と女人が悲鳴のような声をあげ、吊られている躰を激しくくねらせた。

他の二人も着物を脱いでいく。

紗季もそして吊られている女人も、はっとなった。般若の彫り物があらわれたからだ。

「こいつが気に入ったようだな」

と以蔵が女人に迫りつつ、下帯を取る。すると、ぐぐっと鎌首《かまくび》が女人の股間に迫っていく。

「いやっ、いや、いやっ……助けてっ、誰か助けてくださいませっ」

女人の必死の訴えが、紗季に迫ってくる。助けなければ、と思った。けれど、紗季は動けずにいた。

見事に勃起させた三本の魔羅が、肉の凶器のように見えて、恐怖を覚えていた。

腕には自信があったが、それは道場内のことだ。実戦の経験は、同心の前で盗賊の頭を峰打ちにした一度だけ。

あの時は、考えるより先に、勝手に手が動いていたのだ。

「あっ、いやっ」

女人が絶叫した。頭巾を被った男の一人が、真正面から立ったままで串刺しにしたのだ。

「おう、いい具合に締《し》めてくるぜ」

頭巾の男が嬉々《きき》とした声をあげ、腰を前後に動かしている。

「あ、あああっ……あう、ううっ……」

有無を言わせない抜き差しに耐える、女人の表情から、紗季は目をそらした。

そして、本堂の中に飛び込んでいた。目をつけていた脇差を摑むと、すらりと抜いて、峰に返すなり、男たちに向かって行った。

「やめるのですっ」

「誰だいっ」

紗季は頭巾の男の一人の肩を峰打ちにした。ぐえっ、と倒れていく。

が、般若の彫り物をした男に切っ先を向けた時には、吊られた女人を突いていた男が、脇差をその乳房に突きつけていた。

「そこまでだ、女。すぐに脇差から手を離さないと、この女の乳に傷がつくぜ」

魔羅を反り返らせたまま、頭巾の男がそう言った。

「お、おのれ……」

「さっきの姫様かい。俺の後を尾けてきたようだな」

と以蔵が言った。そして、頭巾を脱いだ。

「いいのか、おまえ」

と頭巾の男が訊く。

「もう、この姫様には、面《つら》を見られているんだよ」

「というと、このいい女が、乳に般若を彫りたいって言っていた女かい」

と頭巾の男が訊いた。以蔵がうなずくと、なるほどな、と言いつつその男も頭巾を取ろうとする。

「いやっ、取らないでくださいませっ。おねがいですっ」

と乳房に脇差を突きつけられている女人が哀願する。顔を晒すということは、命が危ない、ということを意味していたからだ。

が女人の願いも虚《むな》しく、男も頭巾を取った。

鷲鼻《わしばな》のいかつい顔があらわれた。にやり、と笑いかけると、ひいっ、と裸の女人が息を呑む。

「なにをしている、姫様。さあ、はやく、脇差から手を離せ」

そう言いながら、以蔵が紗季に近寄ってくる。胸板の般若が、紗季をにらみつけている。燃えるような赤い目が、小袖を透《す》かして紗季の裸を見ているようだった。

紗季は脇差から手を離した。埃《ほこり》の積もった板間に、切っ先が突き刺さる。

「さて、姫様も脱いでもらおうかい」

以蔵がそう言う。

「こちらの女だけ素っ裸なのは、恥ずかしすぎるだろう。姫様も脱げば、恥ずかしさが薄らぐだろう」

はやくしな、と鷲鼻が急かす。今にも、吊られた女人の乳房に刀傷をつけそうだ。

「脱ぎますから……乳房に傷はつけないでください」

紗季はそう言うと、小袖の帯に手を掛けた。指が震えていて、うまく結び目を解けない。

「俺が脱がせてやろうか」

と以蔵がさらに迫ってくる。

「い、いいえ……自分で脱ぎますから……」

帯を解くと、小袖の前がはだけた。肌襦袢の腰紐も解き、小袖と肌襦袢を共に、躰の曲線に沿って滑らせた。

するとと腰巻きだけの躰があらわれる。あらわになった乳房を、紗季は羞恥の息を吐きつつ、両腕で抱いた。

が乳首は隠せたものの、豊満なふくらみが、二の腕から淫《みだ》らにはみ出してしまう。

「腰巻きも取るんだ、姫様」

「ああ……あなたたちが……旗本や御家人の娘を……ああ、攫って……そして好き勝手に弄《もてあそ》んでいる……悪党たちですね」

腰巻きに手を掛けつつ、紗季が問うた。

「そうだぜ、姫様」

と以蔵が答える。

「なにゆえ、そのようなことを……するのですか」

「俺たちは、見ての通りの浪人さ。仕《つか》える主《あるじ》を失った武士ほど、みじめなものはないんだ。その気持ち、姫様のあんたにわかるかい」

「だからといって……旗本や御家人の娘を……慰《なぐさ》みものにしていいという理屈にはなりませんっ」

「幕府から禄《ろく》をもらって、のうのうと暮らす旗本や御家人の娘に、こいつを突っ込むと、すっきりするんだよ」

そう言いながら、以蔵が誇示するように魔羅をしごいて見せる。その先端は、紗季の股間に向いている。

「そんな……必ず、罰が下ります」

「それはどうかな、さあ、素っ裸だ、姫様」

紗季は震える手で腰巻きを取った。品良く生え揃った恥毛があらわとなる。

「これは、いい躰だな」

と鷲鼻も口元を弛《ゆる》める。

紗季はすぐに左手で恥部を隠した。

以蔵が乳房を抱いている右腕を摑み、ぐぐっと引き剝いできた。紗季は抗《あらが》ったが、男の力には敵《かな》わなかった。

自分の剣の腕を過信して、悪党の中に、一人で飛び込んだことを悔やんでいた。

以蔵が乳房を摑んできた。

「あっ……おやめ、ください……」

「ああ、いい揉み心地だぜ、姫様」

以蔵の手で、紗季の乳房が揉みくちゃにされていく。

それを紗季はどうすることも出来ない。このままでは、助けようとした女人と共に、この男たちに犯されてしまう。

ああ、どうしたらいいの……。

六

真之介は本堂の節穴から、中をのぞいていた。

裸になった紗季が、般若の彫り物の男に、白い乳房を揉みしだかれている。

真之介は深川の彫辰のことを紗季に教えた翌日、どうしても気になって、定町廻りのお勤めを終えた夕刻より、ずっと彫辰の家の前を張っていた。

すると、胡乱な雰囲気の男が中に入ってしばらくした後、紗季が姿を見せ、狭い階段を上がっていったのだ。

もしやあの男が賊かもしれない、と思いつつ、真之介は動かなかった。

小半刻ほどすると、胡乱な男が岡場所に姿を見せた。その後すぐに、紗季も彫辰から出てきた。

そして、紗季は男を尾けはじめた。

真之介は、紗季に声を掛けようかどうしようか、と迷っているうちに、声を掛けそびれ、しかも、小名木川沿いを東に向かって行く途中で、二人の姿を見失ってしまったのだ。

どこに行ったのだ、とあせってうろうろしていると、女人の悲鳴のような声がかすかに聞こえて、この荒寺にやってきたのだ。

「この姫様も吊るすか」

という声が聞こえ、般若の彫り物の男が縄を本堂の天井の梁に向けて投げていく。梁を通し下がってきた縄に、紗季の手首を縛りつけ、引き上げていく。

すると、紗季の両腕が上がり、生まれたままの裸体が晒しものとなってしまった。

「いい躰だな」

と男たちが言う。真之介もそう思った。

真之介はまだ、女というものを知らなかった。大人の女の裸を見ること自体、はじめてのことだった。

すぐに助けに入らなければならないのに、紗季の裸体のあまりの美しさに、しばし見惚《みと》れてしまっていた。

が、いやっ、という紗季の悲鳴で、真之介ははっと我に返った。

鷲鼻の男が紗季の乳房を揉み、般若の男が紗季の股間に手を伸ばしていた。上品に生え揃っている陰りをいじっている。

男たちの魔羅は見事に反り返っていた。いずれも、紗季の股間を狙《ねら》っている。はやく助けに入らないと、紗季が目の前で、犯されてしまう。

しかし、男たちは強そうだ。真之介は腰に二本差しているものの、まったく自信がない。

が、男たちは真之介がへっぽこ同心だとは知らない。少なくとも、すぐには気づかないはずだ。

同心が、神妙にいたせ、と言いながら、太刀を手に踏み込めば、しばし、圧倒されるのではないのか。

その隙《すき》に、紗季の両手首を縛《しば》っている縄を切り、紗季に太刀を渡せばよいのだ。

それしか、紗季ともう一人の裸の女人を真之介が助けるすべはなかった。

「あっ、おやめくださいっ」

般若の男が、立ったまま、紗季と繋《つな》がろうとしていた。

もはやこれまでっ、と真之介は腰の太刀を抜くなり、神妙にいたせっ、と本堂に駆《か》け込んでいった。

黒羽織姿の同心が太刀を手に入ってきたのを見て、男たちは目を見張った。そして、あわてて、足元の脇差を手にしようとする。

真之介は、動くでないっ、と叫びつつ、一直線に、紗季へと向かった。

そして、紗季の両腕を吊り上げている縄を、飛び上がりながら、切っていった。

両腕が自由となった紗季に、太刀を渡す。

それを手にした紗季はすぐさま、峰に返した太刀で、以蔵の腹を払った。ぐえっ、とうめき、以蔵が膝を落とす。

そのうなじに、峰を落としていった。

もう一人の鷲鼻の賊は、あわてて手にした脇差を、そばに吊っている女人の乳房に向けようとした。

が、形良く張った乳房を大きく弾ませながら、紗季が一気に踏み込み、鋭い峰打ちを、たあっ、と鷲鼻の手の甲《こう》に叩き込んだ。

「ぎゃあっ」

手の甲の骨が砕《くだ》ける音がして、鷲鼻が叫んだ。

その肩に、紗季がとどめの一撃を見舞った。鷲鼻が背後に倒れていった。

「お見事っ」

真之介は思わず、そう声を掛けていた。

紗季は眩しいばかりの裸体を晒したまま、はあはあ、と荒い息を吐き、自分が倒した二人の賊を見下ろしていた。

七

「ありがとうございます、真之介様。これで少しは気持ちが晴れました」

数日後、真之介は幼馴染みの志穂から誘われ、以前相談を受けた汁粉屋の二階の個室で会っていた。

「これで、旗本や御家人の妻女も、安心して暮らせると思います」

「そうですね」

件《くだん》の賊は、真之介が捕らえたことになっていた。元々、内密の探索だったゆえに、表立って事件解決の報が江戸市中に流れることはなかったが、八丁堀界隈《かいわい》の武家たちの耳には入っていた。

志穂が真之介を見て、うふふ、と笑った。

「どうしたのですか」

「ごめんなさい……真之介様が、このように出来る同心様だとは思っていなくて……ああ、ごめんなさい」

何度も謝りつつも、志穂は笑みを浮かべている。

「真之介様のこと、見直しました」

志穂が真之介を見る目が熱いことに気づいた。幼き頃よりの付き合いであったが、これまで、このような目で見つめられたことなど、一度もなかったのだ。

「私はなにもしていません」

「まあ、謙遜《けんそん》なさって」

事実を言っているのに、謙虚な方ですね、と言われてしまう。

実際、二つの事件とも、真之介はなにもしていない。最初はただ突っ立っていただけ、今度も、紗季を縛っていた縄を切っただけである。

解決したのは、紗季なのだ。

「真之介様って、大きなお方だったのですね。これまで気づかなかった、志穂が愚かでした」

そう言って、志穂がじっと熱い目を向けてくる。志穂はなかなかの美形なのだ。真之介自身、幼い頃より憎からず思ってきたところがある。

そんな武家娘に好意を持った目で見つめられ、真之介は、どう対処していいのか困惑していた。

翌日、真之介は定町廻りの途中で、神田の道場をのぞいていた。

朝稽古の最中であった。

格子窓に、近所の町人が大勢集まってのぞいている。皆のお目当ては、どうやら紗季のようだった。

「たあっ」

気合いの入った声を上げて、稽古着姿の紗季が、竹刀を振っている。背中に流し、根結いにしている漆黒《しっこく》の髪が舞っている。

凛とした眼差しで相手を見つめている横顔が、なんとも美しい。

廃寺の本堂で裸の紗季の縄を切って以来、会っていない。

男の門弟相手に、次々と一本勝ちを決めている紗季を見ていると、本当に裸を見たのかどうか、怪しくなってくる。

いや間違いなく、この目で紗季の裸を見たのだ。形良く張った乳房も、品良く生え揃っている陰りも、脳裏に焼き付いている。

「面っ」

と一本勝ちした紗季が、こちらに目を向けた。

真之介は軽く頭を下げたが、紗季は気づいていないのか、気づいていないふりをしているのか、すぐに、稽古に戻った。

駿府《すんぷ》の豪太《ごうた》

一

並木真之介は浅草《あさくさ》の水茶屋《みずぢゃや》で茶を飲んでいた。

真之介は定町廻りの同心である。定町廻りの途中で、茶汲《ちゃく》み女の加代《かよ》に声を掛けられ、美里屋《みさとや》に入ったのだ。

茶を飲みつつも、真之介は落ち着かなかった。これは、店から出されたものである。

定町廻り同心は三十俵《ぴょう》二人扶持《ぶち》で、禄《ろく》自体は少なかった。が、大店《おおだな》などからの付け届けは多く、たいていの者は懐《ふところ》が暖かかった。

真之介はこれまで、そのたいていの者の中には入っていなかった。

へっぽこ同心、と陰口を叩かれ、町人たちからも相手にされていなかったのだが、半月ほど前、江戸市中を騒がせていた盗賊の、闇鴉の頭《かしら》を捕《と》らえてから、町人たちの見る目が変わってきた。

実際は、真之介が捕らえたわけではなかったが、真之介の手柄ということになっていた。

この美里屋では、闇鴉の頭を捕らえた翌日から、茶を出すようになった。これまでは、茶すら、真之介には出さなかったことになる。

店からすれば、茶の一杯で同心のご機嫌をとることができるのは、安いものであったが、真之介からすれば、茶の一杯であっても、ただでもらっていいものか、これは賄賂《わいろ》ではないか、と日々、案じていた。

では、どうして茶をもらってしまうかというと、茶汲み女の加代がたいそう可愛かったからである。

美里屋の看板娘である加代は、錦絵《にしきえ》にもなっていて、浅草でも評判の娘であったのだ。

実際、昼前から、加代目当てに大勢の野郎どもが茶を飲みにやってきていた。啜《すす》るように茶を飲んでいると、加代が団子《だんご》を載せた皿を運んできた。

「並木様、どうぞ」

と太陽のような笑みを見せる。もしかして、この俺に気があるのではないか、と勘違いさせる笑顔である。

「団子など頼んでおらぬぞ」

茶だけではなく、団子までただでもらうとなると、南町奉行所でも問題になるので
は、と真之介は恐れた。

「あちらの方からです」

と加代が店の奥に目を向けた。そこには、美貌の女人が座っていた。花岡紗季であ
った。

「並木様も隅《すみ》に置けない方ですね」

と加代が言う。

「いや、そういうのではないのだ」

赤面しつつ、そう言った時には、加代はいなかった。

真之介は茶と団子を持って、奥に向かった。紗季と向かい合って座る。

「並木様。この前のお礼です」

と紗季が言った。

「礼を言うのは、こちらのほうです、紗季様」

十日ほど前、旗本《はたもと》や御家人《ごけにん》の妻や娘を攫《さら》って犯す悪党たちを、紗季の協力で捕まえ
ていた。

これは内密の探索ゆえに、表立って事件解決の報が江戸市中に流れることはなかったが、かなりの手柄であった。

闇鴉の頭の件同様、実際は、紗季の手柄であった。

それにしても真之介は紗季を前にすると、目のやり場に困ってしまう。

どうしても、その美麗な乳房や白い裸体を想い出してしまうのだ。

悪党たちによって荒寺の本堂の梁《はり》に素っ裸で紗季が吊り下げられているところに、真之介が助けに入ったのであった。

「どうかされましたか」

と紗季が澄んだ瞳を向けてくる。

紗季は父が番方を務める旗本の姫であった。闇鴉の頭をあっという間に峰打ちで倒す、やっとうの腕の持ち主であった。

自慢ではないが、真之介はやっとうはからっきしである。紗季が同心を務めたほうが、江戸の民のためになる、と本気で思っていた。

「いいえ、なにも。この店の団子はおいしいですなあ」

裸体を想い出しているなどとは、口が裂けても言えず、真之介は団子をぱくついた。

「あの、並木様にお話があります」

と紗季が真摯《しんし》な眼差《まなざ》しを向けてきた。

「私には思い人がいました。真崎秀次郎という、とある旗本の次男で、道場でよく竹刀《しない》を合わせておりました」

「そうですか」

「その真崎が、ふた月半ほど前、神田川沿いの路上で何者かに殺されてしまったのです。辻斬り、ということなのですが、その後、どうなったのか、まったく私の耳に入ってこなくなってしまいました」

「そう言えば、そういったことがありましたね」

「辻斬りだといわれていますが、私は違うような気がして仕方がないのです。探索がどうなっているのか、調べてくださいませんか」

「わかりました」

と真之介はうなずき、真崎秀次郎の名を書き留めておこうと、懐から矢立《やたて》を取り出した。

すると、手配書きが落ちた。

私が、と手配書きを拾いつつ、これは？　と紗季が問うた。

その手配書きは、今日、同心たちに配られたものであった。駿府《すんぷ》より、強姦魔で人殺しの極悪人が、東海道《とうかいどう》を江戸へと向かっている、という報《しら》せであった。

「名を豪太《ごうた》というのですが、いい女と見れば我慢出来なくなり、後を尾《つ》け、襲って、思う存分楽しんだ後、殺してしまう、という極悪人です」

「そうなのですか」

手配書きの悪人は、熊のような面相《めんそう》の男であった。顔中鬚《ひげ》だらけで、眼光が鋭く、確かに、いい女を見たら、すぐさま襲いかかって魔羅《まら》をぶちこみそうな顔をしていた。

「獣のような輩《やから》です。お気をつけください。まあ、紗季様は、大丈夫でしょうが」

加代がやってきた。手配書きを見て、怖《こわ》そう、と両手で胸元を抱きしめる。そんな仕草がまた可愛い。

「加代さん、この顔を見たら、すぐに逃げるのですぞ」

「わかりました」

と加代は神妙にうなずいた。

水茶屋を出ると、真之介は紗季と別れた。

町屋を歩いていても、まだ、紗季の乳房や裸体が脳裏《のうり》に浮かぶ。もう十日も過ぎていたが、荒寺で目にした魅惑の裸体が消えることはなかった。

むしろ、より鮮明に蘇《よみがえ》ってくるようになっていた。

真之介は強姦魔のことを思った。いい女と見れば、すぐに襲うという。獣のような輩であるが、ある面、うらやましくも感じた。

紗季の裸体を思い、悶々《もんもん》としている自分が情けなくなる。

いや、なにを愚かなことを思っているのだ。あろうことか、強姦魔がうらやましいなどと、同心にあるまじきことを考えたおのれを、真之介は心の中で叱咤《しった》した。

二

豪太は江戸に入っていた。両国広小路《りようごくひろこうじ》を歩いている。

鬚はさっぱりと剃《そ》っていた。いい女を見れば眼光が鋭くなるが、普段は、温和な目をしていた。だから、手配書きとは似ていなかった。

手配書きは、襲われた女の証言で描かれたものである。だから、自然と怖い顔になっていた。

「やはり、江戸は違うな」

昼日中から、大層な人出である。しかも、あちこちにいい女がいた。駿府のおなごとはやはり違う。皆、垢抜《あか》けている。

露店で、豪太は錦絵を見掛けた。いい女が並んでいる。どれもこれもやりたくなる。

豪太の目が、一人の女に止まった。とても愛らしい顔立ちの女である。

「これは誰だい」

と露店のおやじに訊《き》いた。

「浅草美里屋の加代だよ」

そうかい、と錦絵を買い、豪太は大事そうに懐に入れた。その目は鋭く光っていた。

暮れ六つ半（午後七時頃）、加代は両国橋を渡って本所に入った。その途端、道行く人影が少なくなる。

背中に強い視線を感じ振り向くと、あの男が尾いてきていた。

まただ。十日ほど前から、茶汲み女の仕事を終えた加代の後を尾ける男があらわれたのだ。確か、大工をやっていると言っていた。

錦絵になって、評判になったのは良かったけれど、つきまとう男たちがあらわれたのには、加代は困っていた。

このままでは、住んでいる裏長屋が知られてしまう。今宵《こよい》もまた、まわり道をして帰るしかなかった。

まわり道をすると、さらに人の姿がなくなる。危ない気もしたが、家を知られては困る。

うなじに射るような視線を感じた。あっ、と思った時には、腕を摑《つか》まれていた。

「お加代ちゃんっ、口吸いくらい、いいだろう」

そう言って、男が顔を寄せてくる。

いやっ、と加代は男の頰《ほお》を張っていた。すると、なにしやがるっ、と男の形相《ぎょうそう》が変わった。

ぱしっと頰を叩かれ、小袖をぐっと引き下げられた。いきなり、諸肌脱《もろはだ》ぎとなり、月明かりの下、瑞々《みずみず》しい乳房があらわれた。

男が、ほう、と目を見開いた。

「いい乳をしているじゃないか、お加代ちゃん」

そう言うなり、道端で加代の乳房を摑んできた。

「いやっ、やめてっ……触らないでっ」

加代は男の頰をぱしぱしと張る。が、男は息を荒らげて、評判の茶汲み女の乳房を揉《も》みしだき続ける。

加代は男を知らなかった。口吸いさえ知らない。それなのに、好いてもいない男に生まれてはじめて乳を揉まれ、泣きたくなる。

「ああ、たまらないぜっ。口を吸わせろ、お加代っ」

興奮した男が加代のあごを摘《つま》み、無理矢理、口を押しつけてくる。

「いやっ、いやっ……」

加代は懸命に愛らしい顔をそむける。

「いいだろう。口を吸わせろよ、お加代」

男の口が加代の唇に押しつけられた。

が、すぐに離れた。

「なにしやがるっ」

男の背後に、もう一人男が立っていた。その男が、大工の首筋を摑み、投げ飛ばした。地面に腰を打ち付け、大工がうなる。

助けに入った男が、大工のあごに蹴《け》りを入れた。一撃で、大工が気を失った。

「大丈夫かい」

「あ、ありがとう、ございます……」

乳房を隠しつつ、助けてくれた男に頭を下げる加代の鳩尾《みぞおち》に、握り拳《こぶし》がめりこんできた。

加代は膝《ひざ》から崩れていった。

豪太はにやりと笑い、加代の躰《からだ》を抱え上げた。小袖の上から尻を撫《な》でる。

「乳もいいが、尻も良さそうだ」

豪太は加代を抱えたまま、川岸へと降りていった。小屋が見えた。使われていないようで、朽《く》ちかけていたが、豪太には充分だった。

埃《ほこり》が積もった板間に、加代を下ろす。

節穴から差し込む月の光に、加代の顔が浮かび上がる。

「眠っている顔が、また、いいじゃないか」

と無骨な指で、豪太は加代の頬をなぞる。そして小袖の帯に手を掛けた。帯を解《ほど》き、小袖をはだけると、肌襦袢《じゅばん》があらわれる。

腰紐《こしひも》も解き、肌襦袢もはだけると、白い肌があらわれる。こぶりだが形良く張った乳房に、平らなお腹。縦長のへそがそそる。

「これは上物だ」

そうつぶやき、豪太が腰巻きを毟《むし》り取った。

すると、月明かりの下に、下腹の茂みがあらわれる。それはやや濃い目に生え揃っていた。

うまそうだ、とつぶやき、豪太は茂みに顔を埋めていく。

なんとも甘い匂いに包まれる。さすが江戸の女だ。匂いからして田舎者《いなかもの》とは違う。

ぐりぐりと顔面を押しつけていると、加代が目を覚ました。

「あっ、い、いやっ」

悲鳴のような声をあげ、加代が起き上がろうとした。

「おとなしくやられろっ、加代っ」

そう言って、豪太が股間から顔を上げる。加代を見つめる豪太の双眸《そうぼう》は、獲物を捕らえた獣のごとく、鋭く光っていた。

その目を見て、加代ははっとなった。昼間、並木様より見せられた手配書きの強姦魔と同じ目をしていたのだ。

「あんたはっ……豪太っ……」

「ほう、俺も有名になったな。江戸の女に名を知られているとは、光栄だぜ」

豪太は怯《おび》える加代を見つめたまま、にやり、と口元を卑猥《ひわい》に弛《ゆる》めた。

その顔を見て、加代は再び気を失った。

豪太は恥毛に飾られた割れ目を開いていった。

すると月明かりの下に、桃色の花園があらわれた。

「生娘《きむすめ》だな」

豪太は再び加代の恥部に顔を埋めると、今度は舌をのぞかせ、無垢《むく》な花びらをぺろぺろと舐《な》めはじめた。

「ああ、うめえっ。江戸まで来た甲斐《かい》があったな」

匂いだけでなく、花びらの味も格別だった。

豪太は嬉々《きき》とした顔で、評判の茶汲み女の花びらをしゃぶり続ける。

「もう、我慢ならねえ」

そう言うと、豪太は着物を脱ぎ、褌《ふんどし》を取った。すると、見事に勃起させた魔羅があらわれた。すでに先端が我慢汁で白く汚れている。

それを、ぴっちりと閉じた花唇にあてがっていく。

豪太はぱしっと加代を平手打ちにした。加代が目を覚ますなり、にやりと笑いかけながら、鎌首で割れ目をえぐっていった。

「い、痛いっ……痛いっ……」

股間が裂かれるような激痛に、加代が叫ぶ。

「やめてっ、おねがいだから、入れないでっ」

加代は豪太から逃れようとする。が、豪太は胸板を叩いてくる加代の腕を掴むと、ぐいっと魔羅を進めていく。

まだ誰も汚したことのない無垢な花びらを、豪太は散らしていった。

「いやっ、いやいやっ」

加代の瞳から涙があふれてくる。すがるような黒目が光る。

「いい顔だ。女陰《ほと》の締まりもいいぜ、加代。喜びな。すぐには殺《や》らないから」

そう言うと、ずぼりと奥まで串刺しにしていった。

「ひいっ！」

加代は絶叫し、白目を剝いた。

三

翌日、真之介は南町奉行所の例繰方《れいくりかた》の用部屋にいた。探索覚え書きを開き、ふた月半前の辻斬りの件を調べる。

探索覚え書きには、南町奉行所が扱った事件が書かれている。

真崎秀次郎が神田川沿いの路上で何者かに斬られて殺害された件の探索は、解決することなく、あまりに早すぎる終了となっていた。

刀傷が二つあり、辻斬りであろう、ということだけ記載されていた。

そうか、と真之介はつぶやいた。残念ながら、こういうことは珍しいことではなかった。

上からなにがしかの圧力がかかり、うやむやのままになっているのだ。

素《そ》っ気《け》なさすぎる探索覚え書きが、無理矢理探索止めの声がかかったことをあらわしているとも言えた。普通、このような簡素過ぎる報告だけでは、むしろ、上役からお叱りを受けてしまう。

それでも通用しているということは、真崎秀次郎を斬った者は、上の人間と関係がある、ということになるだろう。

「これはやっかいだな」

このことを話して、はいそうですか、と紗季が引き下がるとは思えない。むしろ、ただの辻斬りではない、というおのれの考えが間違いではなかった、と思いをあらたにするだろう。

真之介も同心の端《はし》くれである。悪を見過ごすわけにはいかない。が、長いものには巻かれよ、という言葉が頭にちらつく。

事を荒立てて、良くなったなんて話は聞かない。しかし、紗季を前にして、長いものには巻かれたほうが良いですよ、などとは言えない。

紗季に失望されたくない。が、上には楯突《たてつ》きたくはない。

「いやあ、困ったな」

真之介は探索覚え書きを開いたまま、うんうん、うなっていた。

同じ頃、加代は小屋の中にいた。素っ裸で柱を背負うようにして、後ろ手に縛られていた。板間に尻をついている。

その目の前に豪太が座っていた。舐めるような目で、加代の裸体を見つめている。

昨夜、何度射精を受けたのかわからない。二度目までは覚えていたが、その後は、突かれながら、気を失い、そしてまた、激痛に目を覚ますということを繰り返していた。

朝は、女陰に水を掛けられて、目を覚ました。強姦魔はとてもていねいに、加代の女陰を清めていた。

思い人でもない、憎き男に処女花を散らされた悲しみはあまり感じなかった。それよりも、一刻もはやくここから逃げ出すことに気持ちが向いていた。

手配書きと同じ強姦魔であれば、今日中に、殺されてしまうかもしれないのだ。

豪太の魔羅がどうしても目に入る。それは目を覚ました時から、力強く勃起していた。

また貫《つらぬ》かれることを思うと、女陰に痛みを覚えた。

「どうした、加代」

「なにも……」

「痛むのかい」

豪太が優しそうな目を向けてくる。鬼の形相で、加代の処女を奪った同じ男の目とは思えない。

「ごめんよ。でも、仕方がないんだ。おまえの女陰が綺麗すぎるからいけないんだよ」

「ちょっと……」

「そんな……」

豪太が加代の女陰に指を伸ばしてくる。

「あ、あの……尺八……させて、ください」

見事に反《そ》り返ったままの魔羅を見つめつつ、加代はそう言った。

「尺八……おまえがやってくれるのかい」

「はい……」

「嚙《か》む気だな」

「まさか……そんなことしても……あなたの怒りを買うだけです……」

「まあな。どうして、俺の魔羅をしゃぶりたいんだよ」

「それは……」

加代は視線をそらし、腰をもぞもぞさせた。もちろん、演技である。強姦魔を前に、そんなことが出来る自分自身に、加代は驚いていた。

「俺の魔羅が気に入ったのかい」

加代は黙ったまま、こくん、とうなずく。

「そうかい」

豪太の口元が弛む。

豪太は数え切れないくらい女とやってきたが、尺八の経験はほとんどなかった。噛まれることを恐れたからだ。

安女郎に何度かしゃぶってもらっただけで、加代のようないい女の尺八は受けたことがなかった。

豪太はじっと、加代の唇を見つめる。愛らしい顔にぴったりの、なんとも可愛い唇である。

あの唇でしゃぶってもらえるのだ、と思うだけで、魔羅がひくついてくる。

「噛むだろう、加代」

「ううん。噛んだりなんか、しません」

加代はしおらしくかぶりを振る。

「噛んだら、おまえの命はないぜ」

加代を見つめる豪太の目に、光が浮かびはじめる。手配書きと同じ目になっていく。

加代は後ろ手縛りの裸体をぶるっと震わせた。

豪太は立ち上がった。錦絵にもなるような江戸の可愛い女の尺八の誘惑には勝てなかった。

ほらっ、と勃起しきった魔羅を、加代の唇へ突きつけていく。

加代は瞳を閉じると、そっと唇を寄せていった。ちゅっと先端にくちづける。

ああ、なんてことだろう……処女花を散らした憎き魔羅に、くちづけるなんて……。

加代は精一杯唇を開き、野太く張った鎌首を銜《くわ》えていく。そして、反り返った胴体の半ば近くまで呑み込んでいった。

目を閉じていても、射るような視線を口元に感じる。

加代は嚙むつもりで尺八したいと言った。嚙むつもりで銜えた。

けれど、嚙めなかった。魔羅に歯を立てるなど、いざとなると出来そうになかった。

「なにをしている。吸ってくれよ、加代」

加代は銜えたままうなずくと、優美な頰を窪《くぼ》めていく。自然と唾《つば》が出る。唾を塗《まぶ》しつつ、じゅるっと吸い上げていく。

すると、豪太が、ああっ、とおなごのような声を洩らして、腰をくねらせた。

気持ちいいのだろう。なんてことだろう。憎き強姦魔を気持ち良くさせているなんて。

ああ、はやく嚙むのよ、加代。処女花を散らした魔羅を嚙みきってやるのよっ。

四

真之介は汁粉《しるこ》屋の二階の個室で、花岡紗季と向かい合っていた。二人の前には汁粉が入ったお椀《わん》がある。

幼馴染《おさななじ》みで御家人の娘の小坂志穂と二度入った店であった。夜の接待などにはまったく縁がない真之介は、個室というと、この汁粉屋しか思い浮かばなかったのだ。

真之介は汁粉を食べつつ、真崎秀次郎の件について調べたことを、紗季に話した。

上からなにがしかの圧力がかかって、探索終了となったことを伝えた。

「そうですか。わかりました。どうもありがとうございました。これからは、私、一人で調べてみます」

「私も調べますよ、紗季様」

「でも、そんなことをされたら、並木様にご迷惑がかかります」

紗季が凜《りん》とした眼差しを向けてくる。なんと美しい瞳なのだろうか。

「迷惑などとんでもないです。私もこれでも同心の端くれです。悪を見過ごすわけにはいきません。必ずや、真崎どのを斬った者を探してみせます」

いい女を前にして、真之介は大見得《おおみえ》を切っていた。

志穂は汁粉屋が見える天水桶《てんすいおけ》の陰に隠れていた。

真之介がとても綺麗で品のいい武家の女と、汁粉屋に入って行くのを見たのだ。定町廻りの途中で、女と汁粉屋に入るなど、以前の真之介では考えられないことだった。

いったいどういうことなのだろう。あの二人の関係は。

これまでは真之介のことなど気にもならなかった。が、志穂を犯した賊《ぞく》を捕らえてくれてから、真之介に対する志穂の目が変わっていったのだ。

へっぽこ同心だと思っていたのが、とても頼もしい存在に思え、それが恋心に変わりつつあるのを、今、志穂は実感していた。

真之介と美貌の武家女が汁粉屋から出てきた。

真之介も美貌の武家女も、とても厳しい表情をしていた。二人は熱い関係ではなく、以前の志穂のように、美貌の武家女が真之介になにか相談事を持ちかけたのかもしれなかった。

真之介は紗季の前で大見得を切ったことをはやくも後悔していた。日々、つつがなく過ごしていければいい、と思っている真之介には、真実のために上に楯突くなど考えられないことであった。

この世にはうやむやにしておいたほうがいい、ということはいくらでもあるのだ。けれど、紗季を失望させたくはないし、これから紗季が危険な目に遭うかもしれない。

それからは守ってあげなければ……。

いや、やっとうの腕は紗季のほうがだんぜん上なのだから、こちらが守ってもらうかもしれない……。

自然と浅草の水茶屋に足が向いてしまう。

紗季も付いてきていた。

いつもなら、いらっしゃいませ、ととびきりの笑顔で迎えてくれる加代の姿がなかった。

「おやじ、お加代はどうした」

と美里屋の主人に訊くと、出てきていない、と言った。

「こんなことははじめてなんでございます。家でなにかあったのかもしれません」

「そうか」

父親か母親が熱でも出したのかもしれない、と真之介は思った。

するとそばにいた紗季が、真之介の黒羽織の袖を引いた。どうしたのですか、と紗季に目を向けると、

「もしかして……お加代ちゃんが……強姦魔に……」

と小声でそう言った。

「あうっ、うう……」

加代はぐっと唇を噛みしめていた。女陰を豪太の魔羅がゆっくりと出入りしている。

「ああ、いい具合に締めてくるようになってきたな、加代。ああ、江戸の女は最高だぜ」

加代は柱を背負う形で縛られていたが、そのまま立たされ、真正面から串刺しにされていた。

魔羅を噛むことなど出来ず、尺八で強姦魔をさらに喜ばせただけだった。

「うう、あう……うう……」

女陰を裂かれるような痛みが薄れていくのに代わって、せつなく甘い痺《しび》れのようなものを感じるようになってきた。

加代は甘い喘ぎが唇から洩れないように、唇を噛むようになっていた。強姦魔に犯され、感じてしまうなんて、最低だ、と思う。

「良くなってきたんだろう、加代」

ぐぐっと奥までえぐりつつ、豪太が顔を寄せて訊いてくる。

加代は、違う、とかぶりを振る。

「わかるんだよ。痛い時も気持ちいい時も、この眉間《みけん》に皺《しわ》が出来るけど、同じように見えて、やはり違うんだよ」

眉間に出来た深い皺を指でなぞり、豪太は得意げに抜き差しを続ける。

「あうっ、うう……ううっ……」

加代は数え切れないほど、助けてっ、と叫んでいた。けれど、叫ぶたびに、お腹に拳がめりこみ、たくさんの痣《あざ》が出来ていた。

はやく逃げないと、こんな奴の魔羅で突かれて、そのうち、肉悦の声をあげそうだった。それだけは嫌だった。

何度も突かれているうちに、後ろ手の縄が弛みはじめていることに、加代は気がついた。

「も、もっと……」

「なんだい、加代」

「もっと……激しく……突いて、ください」

豪太はにやりと笑い、力強く加代の女陰をえぐりはじめた。

「ああっ、もっとっ」

「こうかい、加代っ」

ずどんっ、と豪太が突いてきた。その瞬間、加代は縄抜けに成功していた。

いやっ、と叫び、自由になった両腕で豪太を押しやった。不意をつかれた豪太の魔羅が、加代の女陰から抜ける。

加代はするりと豪太と柱の間を抜けると、小屋の出口に向かって裸のまま走り出した。

紗季は両国橋を渡り、本所に入った。加代の住む裏長屋を訪ねてみようと思い、美里屋の主人に訊いたのだ。

真之介は両親のどちらかが熱でも出して看病をしているのだろう、と言っていたが、紗季は悪い予感を振り払えずにいた。

定町廻りを続ける真之介と別れ、紗季は一人で本所までやってきた。

左手に川が見える道を真っ直《ます》ぐ行くように言われていた。

女人の悲鳴のようなものが聞こえてきた。

紗季ははっとして、川岸に目を向けた。すると小屋から、裸の女人がこちらに向かって走ってくるのが見えた。

「お加代ちゃん……」

「ああ、助けてっ、ああ、助けてくださいっ」

紗季に気づいた女人が、大声をあげる。その背後より、これまた裸の男が追いかけてくるのが見えた。

「お加代ちゃんねっ」

大声で問うと、裸の女人が、そうですっ、と叫んだ。乳房が上下左右に揺れている。

男が背後から加代の腰に摑みかかった。いやっ、と叫びながら、加代が草むらに倒れる。

「やめなさいっ」

と叫びながら、紗季は駆け寄っていく。

男が加代を押し倒したまま、尻から魔羅を入れようとしていた。なんという男なのだろうか。

紗季が女だと甘く見ているのだろう。それとも、こういう時でも、犯さずにはいられないのか。

魔羅が尻の狭間《はざま》から入っていくのが見えた。

「あうっ……」

「おう、熱いぞ、加代」

強姦魔はにやにやと紗季を見つめつつ、尻から突きはじめる。

「やめなさいっ。すぐにその魔羅を抜きなさいっ」

そばまで迫った紗季が、強姦魔に向かって、そう言った。が、強姦魔はにやにや笑いつつ、ぐぐっと突いていく。

紗季は得物《えもの》代わりになるようなものを探した。すると草むらの中に、棒きれがあった。

それを手にすると、紗季は構えた。

「ほう、女だてらに、やっとうの真似事《まねごと》かい」

面白れえ、と強姦魔が加代の尻の狭間から魔羅を抜き、両腕を突き出した。素手で受けるつもりのようだ。

魔羅を揺らしながら、紗季を見て、へらへら笑っている。

「ほう、いい女じゃないか。あんたにも突っ込んでやるよ。ああ、江戸はいい女ばかりだな」

そう言うなり、強姦魔のほうから迫ってきた。

紗季は、えいっ、と気合いを入れて、踏み込んでいった。強姦魔の太い腕が紗季の腕に届く前に、鋭い面が額《ひたい》に入っていた。

強姦魔は、目を丸くさせつつ、よろめいた。そこをまた、面を打ち込んだ。棒きれが折れた。

強姦魔ががくっと膝を折った。

「さあ、逃げるのよっ、お加代ちゃんっ」

強姦魔以上に目を丸くさせている加代の腕を摑むと、紗季は強く引きながら、走りはじめた。

五

「私が囮《おとり》になります」

「そこまで、紗季様がなさらなくても……」

「一刻もはやく、豪太を捕らえないと、お加代ちゃんのような犠牲者が増えていくだけです」

「それはそうですが……」

夕刻、真之介と紗季は汁粉屋の二階の個室で向かい合っていた。

定町廻りを終えた帰りに、美里屋に顔を出すと、そこで紗季が待っていたのだ。加代を手配書きの強姦魔より助けた経緯を聞き、さすが紗季様だと感心していた。

すぐさま、両国橋を渡り、小屋に向かったが、予想通り、豪太は消えていた。

「豪太は恐らく、私のことが気に入ったはずです。倒れながら、とてもうれしそうに私のことを見ていました」

強姦魔でなくても、紗季とは是非ともまぐわいたい、と思うだろう。俺だって、まぐわいたい。いや、このような時に、本人を前にして、なにを不謹慎なことを考えているのか。

紗季が、どうされたのですか、というような目を真之介に向けた。

いいえなにも、と真之介はあわてて目をそらす。

「豪太は、恐らく、本所に潜《ひそ》んでいるはずです。私が姿を見せるのを、じっと待っているはずです」

「そうかもしれませんが、紗季様を危ない目に遭わせるのは……」

旗本の姫を囮にするのは危険過ぎた。囮の紗季が豪太に捕まったら、真之介はどうすることも出来ない。囮のほうが強いのだから。

奉行所に応援を頼むことは出来る。

けれど恐らく、筆頭同心の田口様は、紗季を囮などとんでもない、と反対なさるだろう。

旗本の姫にもしものことがあったら、責任問題となるからだ。真之介が同じ立場でも、間違いなく反対すると思う。

「なにも案じることなどないでしょう、並木様。私が豪太に捕まっても、この前のように並木様が踏み込んで、私に太刀をお渡しになれば良いのです」

そう言って、紗季が微笑《ほほえ》んだ。

そうですね、と真之介もつられて笑う。もちろんこちらは、引きつり笑顔だ。

「強姦魔を捕らえたくはないのですか、並木様」

「もちろん、捕らえたいです」

「では、決まりですね」

「いや、しかし……」

今宵からでも囮になる、という紗季を説得し、その日は別れた。


夕刻、豪太は別の小屋に、娘を運び込んでいた。豪太を面で倒した美形の女人を探して、本所をうろついていると、なんとも愛らしい娘が目に入ってきたのだ。

やりたい、と思った刹那《せつな》には、娘に迫り、大胆にも路上で当て身を食らわし、あらたに見つけた川岸の小屋に運んだ。

小袖の帯を解き、娘を裸に剝く。すると、汗の匂いが薫《かお》ってきた。どこかで一日働いたのだろう。

江戸のおなごは汗の匂いからして、違っていた。

豪太はすぐさま、おのれも裸になり、娘の乳房に顔を埋める。そして、鋼《はがね》の魔羅を娘の女陰にぶちこんでいった。

娘が目を覚ました。ひいっ、と悲鳴をあげ、豪太から逃れようとする。豪太は娘の腕を押さえつけ、串刺しにした魔羅で深くえぐっていく。

「いや、いやっ」

嫌がる娘の顔が、加代を助けた美形の女人に変わる。女にやられたのは、はじめてだった。しかも、鬼瓦《おにがわら》のような面相ではなく、震えがくるようないい女だった。

面を打たれながら、豪太は射精しそうになったのだ。

やりたい。あの女と絶対、やりたい。

豪太はぐいぐい娘を突きながら、美形の女人とやることだけを考えていた。

六

翌日の夕刻、紗季は本所を歩いていた。

今朝、加代が捕らえられていた小屋のそばで、娘の死体が見つかったのだ。素っ裸で捨てられ、強姦の痕跡があった。

豪太の仕業《しわざ》だと思われ、それを聞いた紗季は、一人でも豪太を捕まえます、と本所に走った。

昨日より囮になっていれば、その娘が犯され、殺されることはなかったのだ、と紗季は悔やんでいた。

悔やんでいるのは真之介も同じであった。いや、紗季以上に、おのれの弱気な判断を後悔していた。

半日、本所のあちこちを歩きまわっていたが、豪太が姿を見せることはなかった。もう、本所にはいないかもしれない。

いや、そんなことはないだろう。豪太なら、紗季をやりたいはずだ。その衝動を抑えきれないはずだ。

夕日も沈むと、辺りは暗くなっていく。月明かりが頼りとなっていく。

本所もかなり奥まで入り、横川《よこかわ》のそばまで来ていた。ここまで来ると、この刻限、すでに人通りはまったくない。

真之介は五間（約九メートル）ほど向こうに、紗季の姿を見つけた。紗季様、と声を掛けようとしたが、月が群雲《むらくも》に隠れ、紗季の姿が見えなくなった。

すると、豪太ねっ、という紗季の声が聞こえた。

「この前の礼をしたくてなっ」

という豪太の声が聞こえる。

真之介は声がする方に向かって走った。月が群雲から出て、二人の姿が浮かび上がった。

紗季はすでに諸肌を脱がされていた。白い乳房が弾んでいるのを見て、真之介ははっとなる。

「紗季様っ、これをっ」

とそばに迫った真之介が、太刀を鞘《さや》ごと紗季に渡そうとした。

が、その前に、大きく踏み込んできた豪太の拳が、真之介のあごを捉《とら》えていた。

やめなさいっ、という紗季の声に、真之介は目を覚ました。

小屋の中にいた。かなり古く、節穴だらけであった。節穴から注ぐ、月明かりに、紗季の白い躰《からだ》が浮かび上がっていた。

そうなのだ。紗季はすでに小袖と肌襦袢を剝かれ、腰巻き一枚で、小屋の柱を背にして後ろ手に縛られていた。

真之介自身も向かいあう柱に同じように後ろ手に縛りつけられていた。真之介は着物を着たままだ。

「ああ、なんて乳だい」

豪太が大きな手で、紗季の乳房を揉みしだいている。

紗季の乳房は豊満に張っていて、豪太の手でも摑みきれず、白いふくらみがはみ出している。

形良く張った乳房が、強姦魔の手で揉みくちゃにされる様は、痛々しくも、妖《あや》しく見えた。

「最高の揉み心地だぜ」

涎《よだれ》を垂らさんばかりの顔で、豪太がしつこく紗季の乳房を揉みしだいている。

「やめるのだっ」

と真之介が叫んだ。

すると豪太が揉みしだく手を止め、真之介に目を向けてきた。

「あんた、町方のお役人だよな」

「そうだっ。定町廻り同心、並木真之介であるっ。豪太っ。悪あがきはやめて、神妙にお縄につくのだっ」

「面白い、同心様だな」

豪太は馬鹿にしたように真之介を見やり、そして、見せつけるように紗季の乳房にしゃぶりついていく。

やめろっ、と真之介は叫び、後ろ手縛りの躰をよじらせる。

豪太が紗季の乳首をちゅうちゅうと吸って見せる。そして、腰巻きに手を掛けていく。

「やめなさいっ、豪太っ」

と紗季が豪太をにらみつける。

「いい目だ、ああ、もっと俺をにらんでくれよ」

そう言いながら、豪太が紗季の腰から最後の一枚を毟り取った。

下腹の陰りがあらわれる。とても品良く生え揃っていた。

「ああ、お武家は、下の毛の生えっぷりから品がいいんだな」

豪太の手が下腹の陰りを這《は》う。それだけで、紗季の躰が汚れていくようだった。

「やめろっ、豪太っ」

真之介が叫ぶ。

豪太が紗季の足元にしゃがんだ。あぶらの乗った太腿を抱くと、股間に顔を埋めていく。

「ああ、なんて匂いだっ。ああ、たまらねえっ」

豪太はぐりぐりと紗季の恥毛に顔をこすりつけていく。

「紗季様……」

紗季の裸体を見てはならぬ、と真之介は目を閉じる。が、気になって、すぐに目を開いてしまう。

柱に後ろ手に縛り付けられている紗季の裸体は、なんともそそった。

月明かりを受けて白く輝く乳房には、豪太が付けた手形がいくつも浮き上がっている。

がそれは、痛々しいというより、乳房を妖しく飾る装飾品のようにさえ見えてしまう。

腰は折れそうなほどくびれ、縦長のへそが色っぽい。

このような時なのに、真之介は紗季の裸体に見惚《みと》れてしまう。

豪太が割れ目に指を添えた。

「開いてはなりませんっ」

と紗季が気丈にそう言う。が、強姦魔がやめるわけがない。ぐぐっと割れ目をくつろげていく。

すると、豪太の目の前で、魅惑の花園が広がった。

「ああ、なんて女陰だいっ」

豪太が紗季の女陰にむしゃぶりついていく。

「う、うう……」

紗季が眉間に縦皺を刻ませ、豪太の女陰舐めに耐えている。

「やめろっ、やめるのだっ、豪太っ」

はやく助けなければ、真之介の目の前で、紗季が強姦魔に犯されてしまう。

それだけは同心の名にかけて、避けなければならない。真之介は懸命に縄抜けを試みる。

「ああ、うめえっ。ああ、ずっと舐めていたいぜっ」

ずっと舐めていていいぞ、豪太。しばらく、そのままでいろ。

じゅるじゅる、と舌を使う音がする。紗季はぐっと唇を噛んでいる。

はやく解けろっ、縄よ、頼むから解けてくれっ。

「俺に舐められて、感じてきたようだな。お武家の姫様。舐めても舐めても、どんどん蜜がにじんできやがるぜ」

豪太はにやにやと紗季を見上げ、再び、女陰に顔を埋めていく。

「う、うう……」

紗季があごを反らす。後ろ手に縛られている裸体をよじらせる。

ぴちゃぴちゃ、と舐め、じゅるじゅる、と啜る音が小屋に流れ続ける。

「もう我慢出来なくなったぜ」

豪太が紗季の女陰から顔を上げた。口のまわりが、紗季の蜜でぬらぬらとなっている。褌を取ると、恐ろしく勃起させた魔羅があらわれた。

それを目にして、紗季がすがるような目を真之介に向けてくる。すぐに助けますから、紗季様。これでも、私は南町の同心ですから。

「ああ、武者震いがするぜ」

そう言って、豪太が紗季の割れ目に、肉の凶器の先端をあてがっていく。

「やめろっ、やめるんだっ」

真之介が喉の奥から叫ぶ。

「うるさいぜっ」

鎌首が割れ目にめりこもうとする。

やめろっ、と叫びつつ、真之介は飛び出していた。

豪太は真之介のあまりの弱さに、油断していた。縄も腕しか縛っていなかった。しかも、縛り方が弛かった。

紗季を犯されたくない一念で、真之介は縄抜けに成功し、豪太に摑みかかっていった。

先端をわずかにめりこませた豪太の胴体にしがみつき、やめろっ、と引き離しにかかる。

大小は小屋の隅に置かれていた。それを取りに行く余裕などなかった。

なんとしても、強姦魔の魔羅で紗季の女陰が串刺しにされるのだけは避けたかった。

「邪魔するんじゃないぜっ」

と豪太が太い腕を払い、真之介を引き離そうとする。が、真之介はがっちりと胴体にしがみついたままだ。

豪太が躰をねじり、真之介の顔面を狙って、拳を突き出してくる。が、腰を摑まれているため、拳に勢いがない。それゆえ、真之介は避けることが出来ていた。

豪太が紗季に突っ込むのを止めて、躰の向きを変えようとした。正面から、真之介を殴りつけることにしたのだ。

が、これがいけなかった。いや、真之介にとっては良かったことになる。

「離れろっ」

「やめろっ、紗季様には入れるなっ」

躰の向きを変える途中で、豪太が、おうっ、と雄叫《おたけ》びをあげた。

勃起したままの魔羅が、入れるのを止めようと抱きついた真之介の両脚に挟まれたのだ。

「ひねるのですっ。魔羅をひねるのですっ、並木様っ」

紗季が叫び、真之介は偶然、豪太の魔羅を挟み付けていることに気づいた。

顔面を真っ赤にさせながら、豪太が腰を引く。すると、挟まれていた魔羅が離れた。それを真之介は摑み、渾身の力を込めて、ひねりあげた。

「おうっ！」

豪太は絶叫し、がくがくと腰を痙攣《けいれん》させる。

真之介は魔羅から手を離すと、急いで紗季の後ろ手の縄を解いた。

自由になった手で、紗季があらためて豪太の魔羅を摑み、そしてひねりあげた。

ぐえっ、とうめき、豪太は泡を吹いて倒れていった。

熊のような男でも、魔羅を鍛《きた》えることは出来ない、ということか。

「殿方の魔羅は、まさに急所なのですね」

「そのようです」

真之介はそばで揺れる紗季の乳房から目を離せなかった。このような時なのに、その魅惑のふくらみを摑みたくて仕方がなかった。

七

翌日、定町廻りの途中で、真之介は志穂と会った。汁粉屋に誘われたが、お勤めの途中だから、と断った。すると、

「別の女の方とは、喜んで汁粉屋に行かれるようですが」

と志穂が悋気《りんき》を含ませた瞳で真之介を見つめながら、そう言った。

「別の女……」

「とても綺麗なお方でしたわ」

「それはあの……その……」

定町廻りの途中で、汁粉屋に入ったことを知られていることに、真之介はあわてた。

が、志穂は、女のことであわてたと勘違いした。

「どういったお方なのですか」

「いや、どういったもなにも……ただ、汁粉を食べただけです」

「真之介様の、いい人なのですね」

「違いますっ、なにもありませんっ」

真之介は往来で、激しく首を振っている。

黒羽織姿の同心が町中で晒《さら》す姿ではない。

志穂のほうがまわりの目を気にして、とにかく中に、と汁粉屋に真之介を引きずりこんでいった。

「紗季様とはなにもないのですっ」

「紗季様、とおっしゃるのですね。綺麗な顔にぴったりのお名前ですね」

悋気が昂《たか》ぶった志穂が、汁粉屋に入るなり、真之介の頬を抓《つね》った。

「痛てえっ」

幸いにして汁粉屋には客の姿はなく、同心にあるまじき醜態は、いらっしゃい、と出てきた店の小女《こおんな》に晒すだけで済んだ。

「二階をお借りします」

志穂は真之介の頬を抓ったまま、階段を上がりはじめた。

真之介はなにゆえ、このような目に遭わなければならないのか、わからぬまま、付いていった。

ねぶりの賽子《さいころ》

一

並木真之介は浅草の美里屋という水茶屋で休んでいた。今日は茶だけではない。団子《だんご》も供《きょう》されている。時は四つ半（午前十一時頃）である。

朝っぱらから働いている庶民であれば、小腹が空《す》いてくる刻限であろうが、真之介は四つ（午前十時頃）に南町奉行所に出仕《しゅっし》して、小半刻（約三十分）ほど前に定町廻りに出たばかりである。

好きこのんで休んでいるわけではなかった。茶汲《ちゃく》み女である加代が、是非《ぜひ》にと店の主人ともども勧めるから、仕方なく食べているのだ。

ひとまわり（一週間）ほど前、駿府の豪太、という強姦魔を真之介が捕らえた一件があった。あろうことか豪太は加代の処女を散らしていたのである。

その非道な悪党を真之介が捕らえたのだ。しかも、その半月ほど前には盗賊闇鴉の頭《かしら》を捕らえている。加代の心情は言うまでもなく、真之介の株はうなぎ昇りに上がっていた。

もっとも、以前までの真之介であれば、茶を出されただけでも、これは付け届けの一つではないかと、飲むのをためらっていただろう。

たいていの定町廻り同心は、大店《おおだな》からの付け届けを当たり前のように受け取っているが、一月《ひとつき》前までへっぽこ同心と陰口を叩かれていた真之介は、そういったものとは一切《いっさい》縁がなかった。

ところが、今では、茶はおろか団子までも当たり前のように只《ただ》でもらって、定町廻りの途中で食べている。

これこそ、役人の腐敗のはじまりなのではないのか。確かに、加代を襲った強姦魔を捕らえたが、それは職務を忠実に遂行しただけのことである。

「いかん……このままではいかん……」

そうぶつぶつ言いながらも、真之介は団子を食べ続けている。

何故《なぜ》なのか。単純に、出された団子がおいしいのである。いや、加代がたまらなく可愛いのである。

どうぞ、と言われて皿を置かれたら、断るわけにはいかないではないか。野暮同心と言われかねない。

今日こそ、きちんとおあしを払って出よう。そうすればなにも問題はないのだ。

「お代わりをどうぞ」

と加代があらたに、串団子を三つも持ってきて囁《ささや》いた。

「こんなにはいらぬ」

「ちょっとご相談があるのです。聞いてくださいますか」

「それならば、頂こう」

今から話を聞くのだ。だから、食べてもいい。

ちょっとこちらに、と水茶屋の奥へと案内された。

「お珠《たま》ちゃんが……あの、連れ去られてしまったんです」

お珠は、加代が住む本所の裏長屋の住人である。

「拐《かどわ》かしか」

「拐かしというか、お珠ちゃんのお父っつぁんの借金のかたに、連れて行かれてしまったんです」

父親は笊《ざる》売りの棒手振《ぼてふ》りだという。

「借金のかた……博打《ばくち》か？」

「はい。二十両です」

「三十両……」

三十俵二人扶持の真之介で、およそ年十五両をとる。笊一つ三十六文ほどで商売をしている笊売りにとっては、娘でも売らないと返せない額であった。

実際、博打で大きな借金を作り、それが払えなくて、娘が躰《からだ》で支払う、という話はよく耳にしていた。

「いかさま博打に引っかかったんだ、と、お珠ちゃんのお父っつぁんは言っているんです。端《はな》から、お珠の躰を狙って、俺を嵌《は》めたんだっ、って。並木様、どうか、お珠ちゃんを助けてやってください。おねがいします」

「助けましょう」

という声と共に、なんとも甘い薫《かお》りが、背中越しに真之介の鼻孔《びこう》をくすぐってきた。

花岡紗季であった。品のいい小袖姿がなんとも美しい。まさに旗本の姫を絵に描いたような立ち姿であった。

真之介ばかりではなく、加代も見惚《みと》れている。

「さっそく、お珠ちゃんを助けましょう、並木様」

さきほどまで加代に現《うつつ》をぬかしていた真之介の隣に座り、紗季がそう言った。

「そうですね。その賭場《とば》はどこにあるのかわかるか、お加代」

「はい。深川の正徳寺《しょうとくじ》です」

「ご存じなのですか、並木様」

と紗季が澄んだ瞳を向けてくる。

「いや、知りませんが、寺はいけません」

「なにがいけないのですか」

「寺は寺社奉行の管轄下にあるのです。町奉行は手を出せないのです」

「管轄外だから、お珠ちゃんを助けに行けない、と言うのですか」

「まあ、そういうことです……」

「そんな馬鹿なっ。江戸の庶民を悪から守るのが、同心の仕事なのではないのですか」

「そうです。でも残念ですが寺は駄目なのです」

紗季は澄んだ黒目で、じっと真之介をにらみつけた。なんだか真之介がお珠を攫《さら》ったような気になってくる。

愛くるしい加代は期待を裏切られた様子で今にも泣き出しそうだ。真之介に相談すれば、即、解決すると信じていたのだろう。

しかし、それでも町方が寺に乗り込むわけにはいかない。そういう決まりなのだ。

「どうしても駄目なのですか、並木様」

と紗季の澄んだ黒目が強く迫ってくる。

出来れば、駄目ですが乗り込みましょうっ、決まり事なんかくそ食らえだっ、と見《み》得《え》を切りたかった。さすが並木様、と尊敬の目で見つめられたかった。

だが、真之介はごくごく普通の役人であった。それが紗季と加代の頼みでも管轄の枠からはみ出してまで、活躍したいとは思わなかった。

「わかりました。私が一人で正徳寺に乗り込みます。いかさま博打を暴《あば》き、お珠ちゃんを取り戻してみせます」

と紗季は加代に笑いかけた。

「それはいけませんっ、紗季様っ。いくら、やっとうに自信があっても、相手はやくざ者です。賭場という場所には、やくざ者がうようよしているだけではなく、目つきが悪く、底意地の悪い用心棒もいるのです」

「望むところですっ」

逆に張り切ってしまっている。

このままでは、本当に紗季は単身賭場に乗り込みかねない。加代は紗季が強姦魔を棒きれ一発で倒しているのを見ている。

加代は真之介を無視して、お願いします、と紗季に頭を下げている。

「いけません、紗季様。紗季様の身が心配です」

「それでは、並木様もご一緒ください」

「それは……」

それが出来れば苦労しないのだ。真之介は役人の中の役人なのである。決まりは守らなくては……。

口ごもり二人に顔を向けられない真之介だったが、その脳裏にはある男の顔を浮かべていた。

二

昼過ぎ、不安を拭《ぬぐ》えない加代を落ち着かせた真之介は紗季と共に、両国のとある小料理屋を訪ねた。お天道様《てんとうさま》が昇っている刻限である。当然、暖簾《のれん》は出ていない。

裏にまわり、真之介ですっ、と声を掛ける。しばらく待つと、初老の男が戸を開けて、顔を出した。

「これはっ、真之介様っ」

「益吉《ますきち》、久しぶりだなあ」

「ああ、真之介様、このところの大層なご活躍、あっしの耳にも入っておりますよ。真一郎《しんいちろう》様もお喜びでしょう」

益吉は真之介の父である真一郎から手札《てふだ》をもらって働いていた岡っ引きであった。三年前、父が真之介に家督を譲《ゆず》ったのを潮《しお》に、益吉も十手《じって》を返上していた。益吉は齢《よわい》五十を過ぎていた。

「あら、お客様ですか」

と益吉の背後より、色白のなんとも色っぽい年増が顔をのぞかせた。

益吉には娘はいないはずだったが、と思ったが、

「女房のお夕《ゆう》です」

と紹介され、驚いた。二年前に所帯を持って、二人で小料理屋をやっている、と言う。ふたまわり近く離れている気がした。益吉もなかなかやるものである。

こちらのお方は、と益吉が真之介に問うような視線を向けると、

「私、番方を勤めております、花岡甚八郎の娘の紗季と申します」

と紗季が益吉に向かって、ていねいに頭を下げた。

「これは旗本の姫様ですか。いやあ、真之介様が旗本の姫様といらっしゃるとは」

益吉は、ほうっ、と感嘆の声をあげている。

同心は御家人である。旗本の娘の紗季のほうが格上であった。

どうぞ中に、と店の中に入るように言われた。紗季は珍しそうに店内を見回し、椅《い》子《す》代わりの樽《たる》に座った真之介を真似《まね》て樽に腰を下ろす。

「旗本の姫様には、こういう店は縁がないところでしょう」

と茶を出しながら、益吉が言う。

「今日は、益吉にちょっと手伝ってもらいたいことがあって、来たのだ」

「どういった御用でしょうか」

定町廻り同心が手伝ってもらいたい、と言えば、事件のことだと予想がつく。益吉の目が光り、岡っ引きの顔になった。

十手を返上して三年になるが、親分の血はまだまだ流れているようだ。

「深川の正徳寺で、賭場が立っているらしい。そこの代貸《だいが》しが、狙った客をいかさまで沈め、娘を借金のかたにむりやり奪っているようなのだ」

「寺なら、寺社奉行の支配では」

「そうなのだ。だから、私が出張るわけにもいかず、益吉に頼みに来たのだ。今は、十手持ちではないからな」

「なるほど。あっしに様子を見て来て欲しい、という話ですか」

「実は、知り合いの娘が攫われている、お珠という娘だ」

「真之介様、もしや……」

「そうだ。様子を見るだけではなく、いかさまを暴き、お珠を奪還してきて欲しいのだ」

「あっしにですか……」

益吉は齢五十なのである。剣術遣いでもない。元、岡っ引きというだけである。

「しかし、あっしだけでは……」

「私がお供いたします」

と紗季が付け加えた。

どこからどう見ても旗本のお姫様にしか見えない紗季が賭場に乗り込むと言って、益吉はますます驚いた。

「あの……旗本の姫様が出入りなさるような場所ではありません……」

「もちろん変装していきます。そうですね、益吉さんは大店の主《あるじ》、私はその妾《めかけ》ということでどうですか」

「あっしが、姫様を妾に……」

益吉はあんぐりと口を開けて、紗季の美貌を見つめている。

「しかし、姫様にはとても……」

「益吉。闇鴉の頭や連続強姦魔を捕らえたのは、実は私ではなく、この花岡紗季様なのだ」

「えっ……」

「この姫様は、かなりの剣の遣い手である」

益吉はしばし信じられない、といった顔で紗季の上品な美貌を見つめていたが、そのうち、なるほど、という顔になっていった。

「真之介様ではなく……この姫様が……手柄を……なるほど……」

ふむふむ、といろいろ納得した顔になっていく。

「真之介様のこのところのご活躍。うれしい反面、どうして急に、と訝《いぶか》しげに思っておりましたが、その謎が解けました」

複雑な表情で、益吉はひとりごちた。

その日の夕刻、真之介と紗季、そして益吉の三人は深川を訪ねた。

参拝客《さんぱい》でにぎやかな富岡八幡宮から外《はず》れ、しばらく歩くと、山門が見えてきた。

益吉は上物の着物に羽織まで羽織っていた。連れの紗季は艶《つや》めいた小袖姿で、紅《べに》を濃く塗っている。

見事に上品な旗本の姫様から、色香がにじむ妾に化身している。

これだから女は怖い。紗季でさえ、化粧一つで変じるのだから。

真之介は黒の着物に、黒頭巾《ずきん》を被っていた。町方の同心だと面が割れてはまずい。

「私の顔に、なにか付いていますか」

ちらちらと紗季を見ては、はあっ、とため息を洩《も》らしている真之介に、紗季が問う。

「いいえ、なにも……」

真之介はすでに、紗季の裸体を何度か目にしている。いつも敵に捕らわれ、裸のまで拘束されている姿であったが、それはそれはなんとも官能的なものであった。

今回も、賭場で小袖を剝《は》ぎ取られ、裸に剝《む》かれてしまうのではないのか。やくざ者たちの目に、上質の白い肌が晒《さら》されてしまうのではないのか。

真之介はすでに心配となっていた。しかし、付いていくわけもいかず、付いていけても、真之介はまったく用心棒代わりにはならなかった。

南町奉行所の同心でありながら、やっとうはからっきし駄目なのである。それに反して、紗季は強い。どんな用心棒がいるか知らないが、紗季なら対等に戦えるだろう。

しかし、それは紗季が得物《えもの》を手にしている場合である。当然のことながら、賭場に得物を持って入ることは出来ない。

「では、行って参ります、真之介様」

と益吉が頭を下げる。

紗季様を頼んだぞ、と真之介は目で告げた。

益吉の妾にはやくも成りきっている紗季は、行って参ります、と、とても艶っぽく一礼をした。

二人が山門の奥へと消えていく。

小袖の裾《すそ》からのぞく紗季のふくらはぎの白さに、真之介はどきりとした。

三

本堂が賭場となっていた。堂々としたものだ。寺社奉行には袖《そで》の下《した》を渡しているのだろう。

益吉が紗季と共に賭場に入った途端、空気が一変した。皆の視線が、興味深そうに紗季の美貌に集まり、益吉をうらやましそうに見やる。

二畳ぶんばかり白い布が張られ、その中央に、壺振《つぼふ》りが座っていた。女であった。片肌脱ぎとなり、胸元を白い晒しで包んでいる。なかなかいい女だった。紗季があらわれるまでは、男たちの視線を独り占めにしていたのだろう。

が今は、その視線を紗季が奪っている。

「入ります」

と壺振りの女が両腕をあげて、手首を交叉《こうさ》させる、壺と賽子《さいころ》二つが握られている。腋《わき》の下があらわとなる。剃《そ》っているのか、産毛《うぶげ》がない。久しぶりに、産毛がない腋の下を見るが、なかなかそそるものだ。

壺振りが賽子を壺に入れて、そのまま伏せると、丁半、を張らせる。そして、勝負、と壺が開かれる。

「五二《ぐに》の半っ」

座がざわつき、壺振りの正面に座っていた客が立ち上がった。あちらにどうぞ、とやくざの子分が益吉と紗季に勧める。

では、と益吉が正面に座り、紗季がその隣に座った。

「お蘭《らん》と申します」

と色っぽい壺振りが益吉に挨拶《あいさつ》してきた。紗季の方は見ようともしない。

お蘭が壺と賽子を持ち、再び、両腕をあげる。腋の下は汗ばんでいた。甘い薫りがかすかに、益吉の鼻孔をかすめ、褌《ふんどし》の下を疼《うず》かせた。

これはかなりの役得である。旗本の姫様を妾として連れているだけでも幸せだったが、色っぽい壺振りまで見られるとは。

「さあ、半方ないかっ」

「丁方ないかっ」

場を仕切っている中盆《なかぼん》が、客たちを煽《あお》る。どちらか一方だけに偏《かたよ》っても駄目で、丁半、数が揃《そろ》うように煽っていく。

「半っ」

と紗季が言った。駒札を出す。益吉は、丁に賭けようと思っていたが、ここは姫様の好きにさせようと思った。

「丁半出揃いました」

「勝負っ」

お蘭がさっと片膝を立て、壺を開いた。小袖の裾が大きくはだけ、あぶらの乗り切った白い太腿《ふともも》が付け根近くまであらわとなった。

おうっ、とまわりの客人たち同様、益吉の視線もお蘭の太腿に吸い寄せられる中、四と三の目が出ていた。

「四三《しさん》の半っ」

中盆が宣言すると、座がざわつく。紗季の前に駒札が集まってくる。

それから、紗季は、半、半、半、と賭け続け、半、半、半、と目が出た。

「紗季には博打の才があるようだな」

姫様を呼び捨てにするだけでも、益吉は昂ぶってしまう。

はい、と紗季がうなずく。はじめての賭場に、紗季もかなり興奮しているようだ。白い頬《ほお》がほんのりと朱色に染まっている。

「お客様、私とひと勝負なさいませんか」

とお蘭が益吉を色っぽい目で見つめてきた。褌の下で魔羅《まら》が疼く。

「勝負かい」

「はい。私が勝ったら、お連れ様の駒札をすべて頂きます。旦那《だんな》様が勝ったら、ひと晩、私を煮るなり焼くなり好きになさってください」

「いいだろう。受けよう。ただ勝負は、紗季に任せるぞ」

お蘭はうなずいた。お客人方もよろしいですか、と中盆が盆茣座《ぼんござ》を囲む客人たちを見回す。皆がうなずく。

紗季がお蘭の正面に座った。

入ります、と紗季に腋の下を見せつけつつ、お蘭が壺に二つの賽子を放り入れ、白い盆茣座に伏せる。

「丁っ」

と紗季が言った。半、とお蘭が言い、片膝をこれまで以上に大きく立てた。小袖の裾が大胆にめくれ、太腿の付け根まであらわれた。

益吉たちの視線が集中する。

腰巻きがのぞき、壺が開かれた。

「五六の半っ」

と中盆が告げ、歓声とため息が混じり合った。紗季の前から駒札が取り上げられようとした刹那《せつな》、

「いかさまですっ」

と紗季が叫んだ。

「なんだとっ」

と場を仕切っているやくざたちが色めき立った。

「賽子をすり替えましたっ」

「馬鹿なこと言うんじゃないぞっ、お客人っ」

と中盆がぎょろりとした目で、紗季をにらみつける。益吉も、大丈夫かい、という目で紗季を見つめる。

ここに来る前、益吉の知り合いの壺振りを呼んで、一刻ほどかけて、数々のいかさまの手口を三人の前で披露させた。一応、勉強はしてきたのだ。

が、益吉にはお蘭がいかさまをしたようには見えなかった。

「私はこの目で見ましたっ。この賽子は半しか出ないように細工されているはずですっ」

そう言いながら、紗季が賽子を手にしようとしたが、その前にお蘭が拾い上げた。

「見せてくださいっ」

と紗季が手を伸ばす。わかったよ、とお蘭が盆茣座に賽子を投げた。賽子は、丁の目を出した。

紗季は賽子を手にして見たが、細工されているようには感じられなかった。

「今、また、すり替えたのですねっ」

「難癖を付けるのもいい加減におしっ」

紗季の前で再び片膝を立てて、お蘭がにらんでくる。

紗季は悔《くや》しそうにお蘭を見つめる。しかし、今手にしている賽子には、なんの細工もされていないのだ。

しかし、間違いなく、賽子はすり替えられている。紗季には確信があった。

「すり替えた賽子を、躰のどこかに隠したのですっ」

「そうかい。じゃあ、素っ裸になってやろうじゃないかっ」

そう言うなり、お蘭は立ち上がり、いきなり諸肌《もろはだ》を脱いだ。そして、胸元の晒しをさっと引き剝ぐ。

たわわに実った乳房があらわれ、客人たちはもちろん、やくざたちも目を見張った。

お蘭は小袖の帯を解《ほど》くや、さっと引き下げた。さらに、まったくためらうことなく、腰巻きも脱ぎ背後に投げた。

「どうだいっ、お客人っ。この躰のどこに、賽子が隠してあるって言うんだいっ」

素っ裸になったお蘭は両腕を万歳するように上げて、その場でくるりと回って見せた。

むちっと盛り上がった双臀《そうでん》に、牡丹《ぼたん》の彫り物があり、ほうっ、と男たちの目が輝いた。

紗季はお蘭が脱いだ小袖を摑《つか》むと、何度も振った。賽子は落ちてこなかった。

「さあ、どうだい。あんたいくらいい女だからって、このままじゃ、ゆるされないよっ。落とし前をつけてもらおうかいっ」

素っ裸のまま紗季に顔を寄せて、お蘭がにらみつけた。

「さあ、どうする」

「どうすれば、落とし前がつくのですか」

「女の落とし前と言えば、素っ裸だよ」

「わかりました……」

そう言うと、紗季も立ち上がった。悔しさと困惑でお蘭をにらみ返す。

「紗季っ……大丈夫か」

と益吉が声を掛ける。

「大丈夫です。自分の落とし前は自分でつけますから」

小袖から賽子が出てこなかったことは、納得していない。だが、お蘭は全裸になって、身の潔白を示したのだ。

紗季も脱ぐしかなかった。男なら、指の一本も飛ぶところだろう。女だから、指を飛ばされずに済むのだ。

紗季は小袖の帯に手を掛けた。結び目を握る白い指が震えている。

帯を解くと、小袖の前がはだけた。純白の肌襦袢《はだじゅばん》があらわれ、まわりの男たちが、ほう、と声をあげる。

大店の主人の妾というより、旗本の姫様といった雰囲気がにじみはじめる。

肌襦袢も色っぽいものにしておけば良かった、と後悔した。けれど、まさか、肌襦袢姿を晒すことになるとは思ってもいなかったのだ。

紗季が小袖を躰の曲線に沿って滑り落とす。そして、肌襦袢の腰紐《こしひも》に手を掛ける。

「紗季さ……紗季……これ以上は……」

紗季様、と呼びそうになった益吉が止めようとする。

紗季は美貌を赤く染めつつも、腰紐を解き、肌襦袢まで滑り落とした。

「ほうっ」

客人たちはもちろん、場を仕切るやくざたちも目を見張り、感嘆の声をあげた。

紗季はお蘭とは違って、胸元に晒しなど巻いていない。はあっ、と羞恥《しゅうち》の息を吐き、あらわになった形の良い乳房を、しなやかな両腕で抱いていった。

乳首は隠せたものの、豊満なふくらみのほとんどは、二の腕からはみ出してしまう。

「ああ……これで……満足しましたか」

火の息を吐きつつ、紗季は挑むようにお蘭を見つめた。

「まだ一枚、残っているよ、お客さん」

「一枚……」

「女の落とし前は素っ裸、と、言ったはずだよ」

あんたには出来ないだろう、とお蘭の目が告げていた。

「そうですね。もう一枚、残っていましたね」

鎖骨辺りまで赤く染めつつ、紗季は乳房を抱いていた両腕を解き、腰巻きに手を掛けていった。

賭場は異様な静けさに包まれていた。皆、息を呑み、紗季の肢体に釘付けとなっている。

益吉も、もう止めようとはしない。真横という特等席で、旗本の姫様が生まれたままになるのを見つめていた。

腰巻きが、ふわりと紗季の足元に落ちていった。

下腹の陰りがあらわれた。その一点に、男たちの視線が集中する。

さすがの紗季もたまらず、いやっ、と声をあげ、右腕で乳房を抱き、左の手のひらで恥部を覆《おお》いつつ、その場にしゃがみこんでしまった。

四

「いい度胸じゃないか」

そう言って、奥から貫禄たっぷりの男があらわれた。代貸しの、矢吾郎《やごろう》である。

「素っ裸になった度胸は認めるが、うちの賭場に難癖をつけた落とし前としては、まだ甘いんだよな」

そうだ、と手下たちだけではなく、客人たちもうなずく。

「指を一本、もらいたいところだが、そんなものもらってもつまらない。ここはちょっと余興といこうじゃないか、お客人」

「余興、ですか……」

「手慰《てなぐさ》みをやってみせてくれないかい」

「手、慰み……」

「そうだ。いつも、やっているだろう」

「そのようなこと……いたしたことは、ありません……」

思わず、武家の女っぽい口調になってしまう。

「へえ、そうなのかい。とにかく、立って、乳も下の毛も披露するんだよ、お客人」

代貸しにそう言われ、紗季は立ち上がった。そして乳房と股間を隠していた両手を脇へとずらしていく。

すると、生まれたままの裸体が、皆の目にあらためて晒された。

形良く張った乳房。乳首は乳輪からわずかに芽吹きつつある。それは可憐《かれん》な桃色だ。

腰は折れそうなほどくびれ、下腹の陰りは、手入れでもされているかのようにとても品よく生え揃っていた。

「なんともいい躰をしているじゃないかい。その旦那に毎晩可愛がられているんだろう」

そう言いながら、矢吾郎は益吉を見て、紗季に視線をもどす。

「どうなんだい」

「は、はい……可愛がって、いただいて、います……」

「それを自分の手でやってみせてくれないかい」

「自分の手で……ですか……」

「そうだ。乳を揉《も》んで、おさねを摘《つま》むんだ」

「そのようなこと……出来ません……」

「手慰みが出来ないのなら、ここで俺の魔羅をぶちこむかいっ」

そう言うなり、矢吾郎が着物の帯を解き、いきなり脱ぎ捨てた。

褌一枚になった躰は、鍛えられていた。背中に龍の彫り物があった。

「待ってください……」

紗季がすがるような目を益吉に向けてきた。が益吉はどうすることも出来ない。この場にいるやくざ者は、代貸しに中盆に、世話焼きをやっている手下が三人の、計五人だ。

しかも手下は皆、懐《ふところ》に匕首《あいくち》を忍ばせているはずだ。それを一斉に抜かれたら、どうしようもない。

お珠の父親をいかさま博打で借金漬けにしたことを暴くどころか、とんだしくじりだ。

「さあ、手慰みをやるか、俺の魔羅で泣くか、どっちにするんだい」

矢吾郎は褌も取った。見事な魔羅があらわれる。その先端は、紗季の割れ目を狙っていた。

ひいっ、と紗季が息を呑み、仕方なく右手で乳房を掴み、左手を股間に向けた。

自らの手で乳房を揉み、おさねをそっと摘んでいく。

「乳首をとがらせろ」

と矢吾郎が命じる。

矢吾郎をにらみながらも紗季はうなずき、自らの指で乳首を突いていった。

すると、せつない刺激が走った。それはおさねにも伝播《でんぱ》し、紗季の躰がかぁっと灼《や》けはじめる。

「はあっ……あんっ……」

と品のいい唇から、思わず甘い喘ぎがこぼれた。

それだけで、男たちは身震いしていた。

乳首が見る見るとがり、紗季はそれを白い指先で摘んでいった。

「あっんっ……」

紗季の意志とはうらはらに裸体がぴくっと動く。うっとりと瞳を閉じた横顔が、なんとも官能的である。

益吉は自分の立場も忘れて、紗季の手慰みに見惚《みと》れていた。お蘭の甘い薫りとはちがうなんとも言えない芳香が、益吉の鼻孔をせつなくくすぐってきていた。

「あっ、あんっ……はあんっ……」

紗季の腰がうねりはじめる。

「指を女陰《ほと》に入れてみな」

と矢吾郎が言う。魔羅がひくひく動いている。

紗季はなじるように矢吾郎をねめつけつつも、おさねを摘んでいた指を、恥毛に飾られた割れ目へと忍ばせていった。

白くて細い人差し指が、紗季の割れ目に入っていく。

「ああっ……」

紗季はあごを反《そ》らせ、甘い息を洩らす。演技などではなかった。演技など出来ない。本気で感じてしまっていた。

見知らぬ男たちの視線が、紗季の躰を焼いてくる。

女陰はすでに濡れていた。紗季の指に、肉の襞がからみついてくる。

紗季は人差し指を動かしはじめた。すると、くらっとするような快感を覚えた。

「あんっ……」

割れ目を出入りしている指が、絖《ぬめ》りはじめているのが、男たちにわかる。

「もっといい声で泣いて見せろ」

と矢吾郎が言う。

紗季は、代貸しを見やる。その瞳はしっとりと潤み、色香にあふれていた。

矢吾郎の魔羅がさらにひとまわり太くなった。先端に先走りの汁がにじみはじめる。

紗季は指の動きをはやめた。すると、蜜がじわっとにじみ、ぴちゃぴちゃと淫らで恥ずかしい音が沸き立ちはじめた。

「あんっ、あっんっ……やんっ……」

自ら立てる蜜音に、紗季は羞恥を覚え、さらに躰を熱くさせる。するとさらに蜜がにじみ、蜜音が大きくなり、ますます恥辱を感じてしまう。

真之介は山門の前にいた。中の様子が気になって仕方がなかった。さきほどまでは、男たちのどよめきのようなものが、わずかに洩れてきていた。が、今は、なにも聞こえてこない。

静まり返っている。嫌な予感を覚える。もしかして、紗季は想像通り素っ裸に剝かれているのではないのか。

山門をのぞくと見張りのやくざ者が二人いた。どういうわけか、二人とも本堂の壁に貼り付いている。

どうやら中をのぞいているようだ。見張りもせずに、のぞきたくなるようなことが、本堂で繰り広げられているのか。

真之介の脳裏に、両腕を後ろ手に縛られた紗季の裸体が、とても生々しく浮かんだ。

行かなければ。もちろん助けに行くのだ。見に行くのではない……。

だが、助ける、とは言っても、俺などに助けられるのか。一応、腰には二本差しているが、敵は多勢にちがいない。ここは、いつものように二本のうちの一本を、紗季に渡すのだ。それが助けることとなる。

まずは、あの二人をどうするか。こちらに背を向けている。隙《すき》だらけだ。

そばに寄っていくと、あんっ、と女人の甘い声が聞こえてきたような気がした。

「ああっ……恥を……ああ、かきそうですっ」

紗季の声だった。舌足らずで、とても艶めいていた。

「あんっ、ああっ……いやいや……ああ、こんなとこで……ああ、恥はかきたく……ああ、ありませんっ」

恥って……なにをやっているのだ……いや、なにをやらされているのだ。

二人のやくざ者は本堂の壁に貼り付いたままだ。これなら、へっぽこの俺でも、やっつけることは出来るだろう。

「ああっ、ああっ……だめだめっ」

紗季の切羽《せっぱ》詰まった声が聞こえてくる。見たかった。本堂の中を見たくて仕方がなかった。

それゆえ、真之介は刀を抜いていた。峰に返すと、やくざ者のうなじに落としていった。一人はあっさりと崩れていく。

もう一人のうなじを打とうとしたが、気づいたやくざ者が振り返った。

鬼瓦《おにがわら》のような顔に、真之介はたじろいだが、驚くことに、鬼瓦もひいっと息を呑んでいた。その隙をついて、真之介は鬼瓦の肩口に、峰を落としていった。

鬼瓦も崩れていく。どうやら、黒頭巾姿に威圧感を覚えたようだった。

真之介は刀を鞘《さや》に収めると、すぐに壁に顔を押しつけていた。いくつも節穴が空いていた。そのうちの一つから、中をのぞく。

するとで、白い裸体が目に飛び込んできた。その裸体が妖しくくねっている。

「ああ、ああ、恥を……ああ、恥を……」

紗季様だ……紗季様が……素っ裸で……手慰みを……なんてことだろう……。

真之介は一瞬のうちに、勃起させていた。こちこちにさせていた。

「ああ、ご覧にならないでくださいっ……あ、ああ、こんな姿……ああ、ご覧にならないでくださいっ」

真之介は自分が言われているような気がして、はっと壁から顔を引いていた。がすぐに節穴から中をのぞく。

見ないではいられなかったのだ。

「あっ、ああっ……だめだめ……い、いくっ」

紗季がいまわの声をあげ、汗ばんだ官能美むんむんの裸体をがくがくと震わせた。

五

見知らぬ男たちの前で、生き恥をかいた紗季の目に、お蘭が背後に投げた腰巻きが映った。

もしや、あれに褰子を隠したのでは。小袖は振って確かめたが、腰巻きは確かめていない。

紗季は惚《ほう》けた顔でこちらを見ている益吉に向かって、腰巻きをっ、と力なく叫んだ。

その声で我に返った益吉が、お蘭の背後に落ちている腰巻きを奪いにかかる。

そして激しく上下に振った。が、褰子が落ちることはなかった。

同時に、お蘭がちらちらと乳房を巻いていた白い晒しに目を向けていることに、紗季は気づいた。あの晒しだわっ。

気がもどった紗季は、乳房を揺らしお蘭に迫ると、その足の先に落ちている晒しを摑んでいった。するとお蘭も晒しを摑んでくる。

「放しやがれっ」

「放しなさい」

白い晒しを摑んで、お蘭と紗季が引っ張りあう。どちらも、素っ裸である。どちらも、魅力的な乳房を弾《はず》ませている。

矢吾郎たちやくざ者は、止めるのも忘れて、しばし、お蘭と紗季の引っ張り合いを見つめていた。

すると、その晒しから賽子が二つ、落ちてきた。晒しの内側に、小さな隠し袋を付けていたのだ。

紗季がすぐに賽子を拾った。

「やはりすり替えていたのですねっ。いかさま博打で客から大金を毟《むし》り取り、あまつさえ娘を借金のかたにして、ものにしようとしていたのですねっ」

「なにを言いやがるっ」

と矢吾郎が鬼の形相《ぎょうそう》で、素っ裸の紗季をにらみつける。

「お珠ちゃんを返しなさいっ」

「うるせいっ。おまえもお珠といっしょにやりまくって、売り払ってやるっ。捕まえろっ」

と矢吾郎が子分たちに命じる。

へいっ、と三人の手下が懐から匕首を出し、紗季に迫ってくる。

「ほらっ、おとなしくしないと、その綺麗な乳に傷がつくぜ」

と頬に傷がある手下が、しゅっと匕首を突き出してきた。女だと思って甘く見た匕首捌《さば》きであった。

紗季は乳房を弾ませつつ、さっと避けるなり、懐に飛び込むと、手下の手首を摑み、ねじりあげた。

痛てえっ、と頬に傷のある手下が匕首を落としていく。

紗季はその柄を宙で摑むと、峰に返し、手下のうなじを打った。ぐえっ、と膝から崩れていく。

「なにをっ、このアマっ」

大柄な手下が紗季の弾む乳房めがけ、匕首を突いてくる。

紗季はそれを匕首で弾き、手首の甲をしゅっと切った。痛てえっ、と叫び、大柄な手下がめちゃくちゃに匕首を振ってくる。

紗季は素早く背後にまわると、手下のうなじを峰で打った。

「そこまでだ、女っ」

代貸しの声に振り向くと、素っ裸で後ろ手に縛られた女を太い腕に抱き、その喉《のど》に匕首を当てていた。

女は猿轡《さるぐつわ》を嚙《か》まされていた。涙目である。

お珠ちゃんなのねっ、と紗季が問うと、猿轡の女はこくんとうなずいた。すがるように、紗季を見つめてくる。

「匕首から手を離しな、女」

矢吾郎がそう言う。紗季が黒目でにらみかえすと、

「お珠の可愛い顔に傷がついてもいいのかい」

と言いつつ、匕首を、お珠の美貌に向けていく。お珠がいやいやとかぶりを振る。

紗季は匕首から手を離した。畳に突き刺さる。それを、色黒の手下が抜き取った。

「縛れ、五助《ごすけ》」

矢吾郎が色黒の手下に命じる。へいっ、と返事をした五助が、懐から縄を出し、紗季の裸体の背後に立った。

「両手を背中にまわしな、女」

紗季はちらりと益吉を見た。益吉は中盆に羽交《はが》い締めにされていた。すいません、と目で謝っている。

「はやくしな」

と五助が紗季の二の腕を摑んできた。

「触ってはなりませんっ」

思わず、武家言葉を使ってしまう。

「あんた、いったい何者だい」

矢吾郎が問う。

紗季は返事をせず、しなやかな両腕を背中にまわしていく。交叉させた両手首に縄が巻かれ、余った縄が、二の腕から乳房へとまわされていく。

形良く張っているふくらみの上下に、どす黒い縄が食い入っていく様を、矢吾郎をはじめ、客人たちがじっと見つめている。

刃物沙汰となり、腰を浮かせかけていた客人たちも、今はまた、紗季とお珠の緊縛裸体に惹《ひ》かれて、腰を下ろしている。

「あんた、名前はなんて言うんだい」

矢吾郎があらためて訊く。

「紗季です」

「紗季かい。いい名じゃないか。名字もあるんじゃないのかい」

「ありません……」

「どこぞの武家女なんだろう」

そう言って、矢吾郎が立ったまま、お珠の尻の狭間《はざま》に魔羅を入れていった。先端が蟻《あり》の門渡《とわた》りを通り、恥毛に飾られた割れ目に向かっていく。

「ううっ、ううっ」

お珠が猿轡を嚙まされている美貌を激しく振りつつ、矢吾郎の太い腕から逃れようとする。

「動くなっ、お珠っ。動いたら、頬に傷がつくぞ」

お珠が動きを止める。すると、野太い鎌首がお珠の割れ目にめりこみはじめる。

「やめなさいっ。入れるのなら、私に入れるがいいっ」

「紗季様っ……いけませんっ」

と益吉が思わず、声を掛ける。

「ほう、妾に様呼ばわりかい。いいだろう。お望み通り、入れてやろうじゃないか」

矢吾郎はお珠をお蘭の方に押しやった。お蘭が矢吾郎から匕首を受け取り、乳首に突きつける。

お珠はがくがくと緊縛裸体を震わせ続けている。

矢吾郎が紗季に迫る。紗季の縄尻は五助が握っている。

「いい女じゃないか。匕首も使えるときている。しかも、様呼ばわりだ。あんた、何者なんだ」

矢吾郎が縄で絞りあげられている紗季の乳房を鷲摑《わしづか》みにする。そして、こねるように揉んでいく。

「紗季様……ああ、なんてことだい……」

益吉が悔しそうに歯軋《はぎし》りをする。益吉を羽交い締めにしている中盆は、丸太のような腕をしている。五十過ぎでは、敵《かな》わなかった。

「いかさま博打を詫《わ》びて、借金の証文を破り捨て、お珠ちゃんを解放するのです」

乳房を揉みしだかれつつも、紗季は澄んだ瞳で代貸しをにらみ、気丈にそう言った。

「詫びるのは、あんたのほうだろう。賭場を荒らしやがって」

そう言うと、矢吾郎が魔羅を猛《たけ》らせた。立ったまま、真正面から紗季の割れ目に突き刺していく。

「紗季様っ」

益吉の悲痛な叫びと共に、ずぼり、と鎌首が入っていく。

「う、うう……」

紗季の美貌が歪《ゆが》む。眉間に苦悩の縦皺が刻まれる。

「いい顔だ、紗季」

そう言いながら、矢吾郎がぐぐっとえぐっていく。

「うう……」

「おう、熱い女陰じゃないか」

矢吾郎はにやにや笑いつつ、紗季の女陰の奥まで塞《ふさ》いでいく。

ああ、とうとう……犯されてしまった……。

お珠を助けに賭場に乗り込むと決めた時、紗季はこうなることも覚悟はしていた。

ふと、紗季を女にした、真崎秀次郎の顔が脳裏に浮かぶ。

ああ、おゆるしくださいませ、秀次郎様……お珠を救うためなのです。

紗季はやくざ者に女陰を貫《つらぬ》かれながら、亡き思い人に詫びた。

六

真之介は本堂の壁に貼り付いたまま、まったく動けなくなっていた。

紗季が代貸しに犯されている様を、何も出来ずにのぞき続けている。

我ながら情けない。しかし、五人のやくざ者を相手にむやみに乗り込んでも、勝てる見込みはなかった。

お珠の乳首には匕首が向いていて、益吉は羽交い締めにされている。匕首は、紗季の後ろ手縛りの縄尻を持つ、五助も手にしている。

とにかく、どうにかして、紗季に刀を渡さなければならない。でもどうやって。

「ほら、いい声で泣いてみせろ、紗季」

代貸しが調子に乗って、紗季の女陰をぐいぐいえぐっている。

「ほらっ、どうだっ、紗季っ」

代貸しが、ずどんっ、ずどんっと抜き差しの幅を大きくする。

するとあっ、と紗季の唇から甘い声がこぼれる。

感じてはいけませんっ、紗季様っ。

真之介が機会を窺っている間も、紗季はやくざ者に犯され続けている。

「おう、いい具合に締めてくるようになったじゃないか。おまえ、俺に惚《ほ》れているな、紗季」

にやけた顔で、代貸しが突いていく。

「あっ、ああ……」

紗季の唇から、甘い喘ぎ声が洩れる。

こんな声は聞きたくなかった。紗季がやくざ者に犯《や》られる姿を、真之介は見られなかった。

「これ以上、ゆるさんっ」

そう叫びながら、真之介は役人の計算など忘れ、無我夢中で本堂の中に乗り込んでいった。

「ゆるさんぞっ!」

これが真之介かと思うほどの大声をあげながら、太刀を振り回していった。

矢吾郎をはじめ、男たちは皆、黒頭巾姿にぎょっとした顔をした。

「離れろっ」

そう叫びながら、真之介は紗季と繋がっている代貸しに向かって、太刀を振り回した。

矢吾郎は、やめろっ、と言いながら、紗季から魔羅を抜こうとした。が、締め付けが凄《すさ》まじく、あせっているのもあって、なかなか抜けなかった。

「なにをしているっ。早く抜け」

と真之介は代貸しの肩口に、峰を落としていった。ぐえっとうめき、代貸しが崩れていく。

それを見て、縄尻を持つ五助が腰を引いた。

「お前もゆるさんっ」

と叫び、五助にも真之介は刀を向けていく。落ち着いて見れば、めちゃくちゃ振り回しているだけなのだが、黒頭巾に黒い着物姿がとても強そうに見せていた。

なにより、今の真之介には迫力があった。

ゆるさんっ、と叫び続けていたが、これは、紗季とまぐわうのはゆるさん、という意味であった。

だが、その場にいるやくざ者は、悪行はゆるさん、と怒っているのだと勘違いして、真之介に気圧《けお》されていた。

振り回される太刀から逃れるように、五助は縄尻を離した。真之介は即座に紗季の後ろ手の縄を切る。

すると、紗季はすぐに、真之介の腰から脇差を抜き、それを構えながら、お珠の乳首に匕首を向けているお蘭に近づいて行った。

「切るよっ、近寄ると、乳首を切るよっ」

とお蘭が脅すものの、切るなら切るがいいっ、と叫ぶ紗季は、お蘭に向かって脇差の峰を振り下ろしていった。

お蘭は所詮《しょせん》、壺振りにすぎない。紗季の迫力に負けてお珠を放り出し背中を向けた。

紗季はためらうことなくうなじを峰打ちにした。

真之介は益吉を羽交い締めにしている中盆を追いつめていた。

素手《すで》の中盆は、益吉を突きとばし逃げようとした。ゆるさぬっ、と叫びつつ、真之介は中盆の肩口に峰を落とした。

ぐえっ、と、うめき、中盆も膝から崩れていった。

「真之介様、お見事ですっ」

益吉が目をうるうるとさせて、真之介を見つめた。

その言葉で、真之介は我に返った。

「紗季様っ、大丈夫ですかっ」

紗季には、猿轡と縄を解かれたお珠が抱きついていた。紗季のたわわな乳房に顔を埋めて、ありがとうございます、と泣いている。

真之介が近寄ると、紗季が顔を上げ黒い瞳で見つめてきた。

「ありがとうございます、並木様」

「大事ないですか、紗季様」

「ええ……」

益吉が紗季にしがみついているお珠の肩に手を乗せ、抱き寄せた。脱いだ羽織を華奢《きゃしゃ》な背中に掛けてやる。

紗季はふらふらと真之介に近寄り、すがりついた。

胸元に美貌を埋めてくる。

「紗季様……」

真之介は何度かためらった後、紗季の背中に手を置いた。汗ばんだ肌が、しっとりと手のひらに吸い付いてきた。

真之介はそのまま、ぐっと紗季の裸体を抱きしめていった。たわわな乳房が、着物越しに、胸元でつぶれる。

紗季の裸体全体から、なんとも甘い芳香が立ちのぼり、真之介は勃起させていた。

益吉は紗季が脱いだ肌襦袢を渡してきた。真之介はそれを受け取ると、背中に掛けていった。

紅い花、散った

一

「振りかぶって、振り下ろす」

「右肩に力が入っています。それでは、太刀《たち》筋が乱れてしまいます」

えいっ、やあっ、と気合いを発し、並木真之介は懸命《けんめい》に太刀を振り下ろしていた。足元がふらふらである。

その正面では、花岡紗季がやはり太刀を振っている。腰が入り、まったくぶれることがない。端然《たんぜん》として美しい。

真之介はこれでも定町廻りの同心である。しかも、難事件をたて続けに解決した〝評判〟の同心であった。かたや紗季は番方、花岡甚八郎の一人娘である。

その評判の同心が、あろうことか番方の〝娘〟に剣術の稽古《けいこ》をつけてもらっているのだ。

そもそも真之介は世襲ゆえに同心を勤《つと》めていられることを当然として生きてきた。

日々、決まった区域を見廻って、つつがなく過ごしていれば良かった。捕物は他の同心に任《まか》せていた。

やっとうが使えなくても、お勤めに支障はなかった。

ところが、一月《ひとつき》ほど前、花岡紗季と知り合ってから事情が一変した。紗季の無鉄砲なまでの正義感から、何度も大捕物に巻き込まれたのである。

ひとまわりほど前など、町方《まちかた》の身でありながら、寺社奉行の管轄下である寺の賭場に乗り込み、やくざ者に拐《かどわ》かされた娘を救出したばかりである。普通の役人である真之介には想像すらできないことの連続であった。

すべて紗季が原因だった。現場に勇んだはいいが、捕らえられ辱《はずかし》めを受ける紗季。真之介は矢も盾もたまらず助けに飛び込むしかなかったのである。

それでも今までは運良く、悪者を成敗《せいばい》することが出来たが、さすがの真之介もこのままでは駄目だと真面目に思い、やっとうを教えて欲しいと紗季に頼んだのである。

情けないとも言えるが、紗季のために肚《はら》を括《くく》ったとも言えるか。

早速、定町廻りのお役目を終えた後、紗季がよく素振《すぶ》りをやっている廃寺の境内《けいだい》で、剣術の指南を受けることになった。

とはいっても、まだ正眼《せいがん》よりの、素振りだけである。真之介はふらつきながらも、ひたすら太刀を振りかぶっては振り下ろしていた。

「今日はここまでにしましょう」

真之介の全身から、滝のような汗が一気に噴き出してきた。紗季もしっとりと汗ばんでいた。紗季が本堂の脇にある井戸から水を汲《く》み上げ、桶《おけ》に手拭《てぬぐ》いを浸《ひた》した。

真之介は諸肌《もろはだ》を脱ぎ、首筋から胸板を拭っていく。

その前で、紗季が片肌を脱いだ。しなやかな右腕があらわになり、真之介はどきりとした。二の腕から腋《わき》の下を、濡《ぬ》らした手拭いでゆっくりと拭いはじめる。

「ああ、稽古でかく汗は気持ちがいいものですね、並木様」

紗季は屈託《くったく》のない笑みを浮かべ、鎖骨《さこつ》の辺りを拭っている。

紗季の肌を見てはいけない、と思いつつも、どうしても、視線は二の腕やちらりとのぞく乳房のふくらみに向いてしまう。

すでに、真之介は何度となく、紗季の裸体を目にしていた。それどころか、寺の賭場に乗り込んだ時など、裸に剝《む》かれた紗季が手慰《てなぐさ》みを強要された挙句《あげく》、やくざ者の魔羅《まら》で女陰《ほと》を貫《つらぬ》かれるところを眼の当たりにしているのである。

剣術指南もこの件が大きく影響しているのだ。

そんな屈辱的《くつじょくてき》な状況に居合わせていたにもかかわらず、真之介は紗季のしなやかな右腕や腋の下を目しているだけで、股間《こかん》を疼《うず》かせてしまった。

「並木様、背中を拭《ふ》いて差し上げます」

「しかし……」

「さあ、背中を向けてくださいませ」

はい、と真之介は紗季におずおずと背を向ける。

「たくましいお背中ですわ」

そう言って、紗季は濡らした手拭いで、真之介の背中を拭いはじめる。

そのようなことを言われたことのない真之介は、照れつつも手拭いが肌を行き来するたびに、股間を一段とむずむずさせていた。

ふと、額《ひたい》や肩に、雨粒を感じた。

「夕立《ゆうだち》かしら」

と紗季が口にした刹那《せつな》、いきなり大粒の雨が天から降ってきた。

「並木様っ、本堂にっ」

傘の用意がない二人は、太刀を手に、あわてて井戸端から本堂へと走った。

「濡れてしまいましたね」

わずかの間に、真之介も紗季もずぶ濡れとなってしまった。

「乾《かわ》かしましょう。このままでは風邪《かぜ》を引いてしまいます」

と紗季が小袖《こそで》の帯を解《ほど》き、真之介の前で脱ぎはじめた。

真之介だけが着物を着たままでいるわけにもいかず、あわてて、濡れた着物を脱いでいく。

紗季は真之介に背中を向けて、小袖を下げていった。

剣術の稽古で動きやすいようにと、肌襦袢《はだじゆばん》は身に付けていなかった。

いきなり、白い背中があらわれ、真之介は目のやり場に困った。それでいて、華奢《きやしや》な背中から目を離せなかった。

薄暗い廃寺の本堂に浮かび上がる白い肌は、なんとも蠱惑《こわく》的であった。

腰巻き一枚になると、紗季は小袖を絞《しぼ》り、本堂の端《はし》へと向かった。色褪《あ》せた屏風《びようぶ》が置かれていて、そこに広げた小袖を掛けていった。

紗季が振り向いた。

右腕で乳房を抱いてはいたが、豊満なふくらみの半分以上が二の腕からはみ出ていた。

その状態で、紗季が下帯一枚になった真之介に迫ってくる。

「さ、紗季様……」

「さあ、着物を。干《ほ》さないといけませんから」

「そ、そうですね……」

と脱いだ着物を紗季に渡す。紗季は左手で受け取ると、真之介に背中を向けて、着物を絞っていく。滴《しずく》が本堂の床《ゆか》を鳴らしている。

突然、雨空に光が走り、ややおいて天が割れるような音が轟《とどろ》いた。

いやっ、と紗季が真之介に抱きついてきた。たっぷりと張った乳房をお腹に押しつけ、胸板に美貌を埋めてくる。

ふたたび、稲光《いなびか》りしたかと思うや、激しい地響きがした。近くに落ちたようだ。

さらに紗季がしがみついてくる。稲妻に照らし出される白磁《はくじ》の肌。甘い体臭がうなじから立ちのぼり、真之介はくらくらになっていた。

誰もいない廃寺の本堂で、男と女の二人きり。しかも、上半身は裸で抱き合っている。

口吸いを……紗季様と口吸いをして、そして、豊満な乳に顔を……。

破裂音のごときみたびめの雷鳴は、耳をつんざくような悲鳴と共に、若い女人を本堂に落としていった。

二

「志穂どの……」

飛び込んできたのは、幼馴染《おさななじ》みの小坂志穂であった。

上半身裸で抱き合っている真之介と紗季を、じっと見つめている。

「あっ、これは、なんでもないのですっ」

と真之介があわてて、紗季から離れた。

紗季はたわわな乳房を揺らしつつ、このままでは風邪を引いてしまいます、と志穂に近寄り、小袖を脱ぐように言った。

「あなた様は、真之介様といったいどういうご関係なのでしょうか」

志穂がそう問うたが、紗季はそれには答えず、風邪を引きます、と言いながら、志穂の帯を解いていく。

そして小袖を脱がせると、絞っていった。たわわな乳房が、絞る手の動きにあわせて、ゆったりと揺れる。

どうしても真之介の目は、そこに引き寄せられてしまう。

そんな視線に気付いたのか、志穂が濡れていない肌襦袢を脱ぎはじめた。

「志穂どの、なにをなさっているのですか。志穂どのは裸にならなくても……」

あわてる真之介に、

「肌襦袢も濡れていますから……」

見せつけるように志穂の乳房があらわれた。

思っていた以上に豊満なふくらみに、真之介は目を見張り、あわてて視線をそらす。

腰巻きだけになった志穂は、急に羞恥《しゅうち》を覚えたのか、はあっ、と火の息を洩《も》らし、両腕で乳房を抱いた。

真之介はどこを見ていいのか困惑していた。右には紗季、左には志穂が座っている。どちらの女人も美しく、どちらの女人も腰巻き一枚だった。

外からは激しい雨の音がしている。

「真之介様、紗季様とどういったご関係なのか、説明してください」

頰《ほお》を赤らめつつ、志穂がそう言った。

「剣術の稽古をしていたのです」

「真之介様が紗季様より教わっているように見えたのですが」

どうやら、ずっと稽古姿をのぞいていたようだ。どこかで、真之介と紗季を見掛けて、後をつけてきたのだろう。

「そうです。私は同心でありながら、子供の頃からやっとうが駄目で、それではいかぬ、と剣術遣いの紗季様に指南を受けていたのです」

「真之介様がおなごに指南を受けるなど……偽《いつわ》りですっ……こうして、こっそり二人でお会いになる口実なのですね」

そう言って、志穂が真之介をなじるように見つめてきた。

「いいえ、口実などではありません……」

「真之介様は、盗賊の闇鴉の頭《かしら》を捕らえ、旗本《はたもと》や御家人《ごけにん》の妻や娘を攫《さら》って犯す賊も捕らえるような御方《おかた》でありませんか」

「それは、私ではなく……さ……」

「なかなか止みませんねっ」

と真之介の声を掻《か》き消すように、紗季が割って入ってきた。真之介が紗季を見ると、小さくかぶりを振っている。

どうやら、真之介の手柄のままにしておいてください、と望んでいるようであった。

「真之介様ではなく、なんなのでしょうか？」

と志穂が話の続きを問うてきた。

「いや……私が捕らえました……」

「やはり、二人きりで会う口実なのですね……ああ……わかりました……」

わかってくれたのか。けれど、なにをわかってくれたのだろうか。

雷音が一瞬の沈黙を破って、稲妻を連れてきた。

きゃあっ、と右から紗季が左から志穂が真之介に抱きついてきた。

なんということだ。紗季も志穂も、そして真之介も上半身は裸なのである。今、右の脇腹に紗季の乳房を感じ、左の脇腹に志穂の乳房を感じていた。

地響きが近場に雷が落ちたことを知らせた。

いやっ、と紗季も志穂も真之介にしがみついてくる。真之介は右手で紗季の背中をさすり、左手で志穂の背中をさすった。

紗季の素肌はしっとりとしていた。志穂の背中はすべすべである。

このような時なのに、真之介は下帯の中で勃起させていた。勃起しないでいろ、というのが無理な状況であった。

埃《ほこり》の匂いがしていた本堂も、いつの間にか、紗季と志穂の素肌から醸《かも》し出される甘い匂いで、桃色に染まっていた。

「真之介様、お願いがあります」

真之介の胸板に美貌を埋《うず》めるようにして、志穂が言った。

「な、なんでしょうか……」

「ここで、抱いてくださいませ……」

「えっ……」

聞き違いだと思った。

「私は嫁入り前の身でありながら、すでに男を三人も知っています……皆、あの強姦魔たちです……強姦魔に処女花を散らされ……そして、何度も突かれたのです」

「志穂どの……」

真之介は思わず、左腕に力を入れて、ぐっと志穂を抱き寄せていた。右手からは、紗季が離れていった。

「真之介様もご存じのように……一人は胸板に般若《はんにゃ》の彫《ほ》り物を彫っていました」

それを探索の手がかりとして、およそ一月前、紗季が躰《からだ》を張って強姦魔を見つけ出していた。

「般若の目は燃えるようでした。今でも、床《とこ》につき、目を閉じると、あの赤い目が浮かんでくるのです」

志穂がさらに乳房を強く押しつけてくる。涙を流しているのだろう。

真之介は胸板に湿り気を覚えていた。

「このままでは、ずっとあの赤い目のおぞましい記憶が消えません。どうか、真之介様にその記憶を消していただきたいのです」

そう言うと、志穂は胸板から美貌をあげて、真之介を見上げてきた。

澄《す》んだ瞳《ひとみ》が涙で濡れて、震えがくるほど美しかった。

「しかし……」

私でいいのでしょうか、と言おうとしたが、その前に、

「抱いてあげてください、並木様」

と紗季が言った。

「私からもお願いします」

豊満な乳房を右腕で抱いたまま、紗季が頭を下げた。

「紗季様……」

と志穂が驚いた表情で、紗季に目を向ける。真之介も驚いていた。

「私はこれで、お暇《いとま》しますから」

そう言って、屏風に掛けていた小袖を手に、本堂の扉に向かう。濡れた小袖に腕を通し、外に出ようとしたが、強い雨が吹きこんできて、出るに出られなかった。

それから雨が止むまで小半刻(約三十分)ばかり、三人は黙ったまま、それぞれ違った方向に目を向け座っていた。

「ああ、恥ずかしいお願いをしてしまいました。さきほどのことは、どうかお忘れくださいませ」

雨が止むなり、志穂は逃げるように本堂から出て行った。

「並木様、抱いてあげてください。強姦魔の記憶だけを持って生きるなど、おなごの身にはつらすぎます」

そう言うと、紗季も真之介を残して出て行った。

三

翌日、神田川沿いの川原で、死体が見つかった。総髪《そうはつ》に薄汚れた着物だが、躰は鍛《きた》えられていた。

三十前後の浪人のようだ。

いちはやく駆けつけた真之介が、死体をあらためていた。浪人は正面より斬《き》られていた。刀傷《かたなきず》は二つあった。

「どうだ、なにかわかったか」

と背後より声がして、振り向くと、筆頭与力《ひっとうよりき》の大滝欣作《おおたききんさく》が立っていた。

「大滝様……」

筆頭与力自《みずか》らが出張ってくるとは珍しい。

「そばを通りかかってな。死体だっ、と町人たちが騒いでいたのでな」

「そうですか、大滝様。どうぞ」

と真之介は脇へと移動して、筆頭与力に譲った。

大滝が検分《けんぶん》をする。

「恐らく、浪人同士の斬り合いであろうな」

「そうですね」

うなずきつつも、真之介は二つの刀傷が気になっていた。一つは肩口を斬り裂き、もう一つは胸元を斬り裂いていたが、太刀筋が違うように感じたのだ。

二人を相手にして、別々の人間に斬られたのではないか。

相手は二人かもしれません、と言おうとしたが、口にはしなかった。

「浪人であれば、町方の仕事であるな。任せたぞ、並木」

そう言うと、大滝は去って行った。禄《ろく》を食《は》む武士であれば、町方の出番ではないが、禄から離れた浪人であれば、もう武士ではない。


その日の夕刻、真之介は同じ廃寺の境内で、紗季に剣術の指南を受けていた。昨日のことがあり、お互い、ぎこちなかった。

「今日はここまでにしましょう」

そう言って、紗季が井戸へと向かう。

「紗季様、神田川沿いで、辻斬りが出ました」

紗季の背中に向かって、真之介はそう言った。

「えっ……」

紗季が立ち止まり、振り返った。

「恐らく、三月《みつき》前、真崎秀次郎どのを斬った輩《やから》と同じなのでは、と思います」

筆頭与力が去った後、検視の医者の真部玄庵《まなべげんあん》がやってきた。

二つの傷を見るなり、

『これは、三月前と同じですね』

と言ったのだ。

『三月前と同じ……』

『三月前の辻斬りの死体も私が検視したのです。この太刀筋とこの太刀筋はまったく違います。肩口のほうは、見事な太刀筋ですが、とどめをさしたと思われるほうは、刃筋が乱れています。一人はかなりの遣い手。もう一人はたいした腕ではありません』

真部玄庵は自信を持ってそう言っていた。

「真崎様を殺した輩が……姿をあらわしたのですね」

「そう考えられます」

このことについては、紗季に知らせるべきかどうか迷っていた。知らせれば、必ず、紗季自らが探索に乗り出すに違いなかったからだ。

けれど、事実を知りながら、それを伝えないのも憚《はばか》られた。

「私が探索の係りとなりました。今宵《こよい》より、あの辺りを見廻ってみたい、と思っています」

「今宵は……志穂様と……お会いにはなられないのですか」

そう問うて、紗季が頬を赤らめた。

「いいえ、今宵は……」

「志穂様はとても苦しまれているはずです。並木様しか、志穂様を救うことは出来ないと思います」

「そうですか……」

志穂からは、抱いてください、と頼まれ、そして去り際、忘れてください、と言われていた。

おなごのほうから、抱いてください、と言うのは、相当の覚悟であるに違いない。出来れば、志穂を抱き、強姦魔の悪夢を消し去ってやりたい。

が、真之介は女を知らなかった。志穂を抱き、強姦魔の記憶を消すような夜にすることが出来るか、まったく自信がなかった。

おなごを知らないから、という不安を、紗季に話すわけにもいかない。しかし、誰かに相談しないと……。

八丁堀の組屋敷に戻り、母と二人だけで、夕餉《ゆうげ》をとると、真之介は神田に向かった。一刻（約二時間）ばかり、辻斬りが出た辺りを見廻るつもりだった。

五つ（午後八時頃）をまわった神田川沿いは、人通りがあるところもあれば、まったくひと気がないところもあった。

紗季も姿を見せるのではないか、と思っていたが、見掛けることはなかった。怪《あや》しげな浪人もいなかった。

四つ（午後十時頃）前に、真之介は神田を離れ、急ぎ両国へと向かった。

木戸が閉まる刻限《こくげん》が近づいても、両国広小路にはけっこう人が出ていた。

益吉の店に行くと、ちょうど、女房のお夕が暖簾《のれん》を下げに出てきていた。

「店は終わりかい」

と声を掛けると、お夕がこちらを向き、真之介に気付くと、あら、となんとも色っぽい笑顔を見せた。

真之介はどきりとした。そして、俺は益吉ではなく、このお夕に会うためにここまで来たのだな、と気付いた。

さあどうぞ、と言われ、小料理屋の中に入ると、益吉が出てきた。

「紗季様はお元気ですか」

と益吉が聞いてきた。

元気だ、と答え、相談がある、と真之介は言った。

「なんでしょう」

また御用がらみの相談と思ったのか、益吉の目が光る。

「あの……ちょっと酒をくれないか」

と奥に引っ込んだお夕に向かって、真之介はそう言った。はい、と色っぽい声で返事が返る。

お夕の酌《しゃく》で三杯ほど酒を喉《のど》に流した後、真之介は思いきって、志穂のことを話した。おぞましい記憶を消すために、抱いて欲しいと言われたこと。そして……。

「そうですかい。真之介様は、まだ女を知りませんでしたか」

「どうしたものだろう」

「抱いて差し上げるのが一番です。男と女、床で向かい合えば、どうにかなるものです」

と益吉が言った。

真之介は頬に熱いものを感じた。お夕がねっとりとした視線を真之介に向けていた。

それから半刻ばかり、益吉から女の扱いについていろいろ教わった。が、聞けば聞くほど、経験のない真之介は、志穂とうまくやれるだろうか、と不安になっていった。

帰り際、お夕がそっと真之介の手を握《にぎ》りしめてきた。そして、明日、と耳元で囁《ささや》いてきた。

店から離れた後、手のひらを開き、渡された文を提灯《ちょうちん》の明かりの下で見た。

『うえのしのばずのいけの、たつみやにここのつ』

と書いてあった。

四

その夜は一睡《いっすい》も出来ず、真之介は朝を迎えた。

四つ（午前十時頃）に南町奉行所に出仕《しゅっし》して、四つ半（午前十一時頃）より定町廻りに出ていた。

神田に向かい、辻斬りの現場辺りを歩いたが、なにかが見つかるわけでもなく、すぐに九つ（正午頃）が近づいてきた。

真之介は急ぎ、上野《うえの》の不忍池《しのばずのいけ》へと向かった。あの辺りは出会い茶屋が建ち並んでいることで有名であった。

たつみや、というのは水茶屋かなにかだろう、と自分に言い聞かせた。しかし、辰巳屋も出会い茶屋であった。

入ろうかどうか迷っていると、背後より手を握られた。

はっとして振り向くと、お夕の色っぽい美貌があった。

「お夕……」

「さあ、真之介様。ひと目がありますから」

ひと目があるから、出会い茶屋から離れようとしたが、お夕はひと目があるから、出会い茶屋に真之介を押し込んでいった。

気がついた時には、二階の座敷で二人きりとなっていた。

「これは……益吉も承知のことなのか」

「まさか、益吉さんはなにも知りません」

「では、このようなところに……まずいではないか」

と出ようとした。すると、お夕が抱きついてきた。

「お夕……」

「志穂様のお話、私もつらい思いで聞きました」

胸元に色っぽい美貌を埋めつつ、お夕がそう言った。

「私も最初の男は思い人ではなくて、手籠《てご》めで女にされました」

「そうなのか……」

「はい。だから、志穂様のことが他人事《ひとごと》とは思えなくて……私が真之介様を男にして差し上げます」

「えっ……」

「女というものを教えて差し上げます。その上で、しっかりと志穂様を抱いてあげてください」

そう言うと、お夕が真之介の着物の帯を解きはじめた。腰から鞘《さや》ごと大小が落ちていく。

「お夕……それは……ならぬ……おまえは……」

着物の前をはだけられ、下帯を脱がされていく。

「益吉の……女房ではないか……」

このようなことはならぬ、と言う前に、ぱっくりと魔羅を咥《くわ》えこまれていた。

「あっ……お、お夕……」

反《そ》り返った魔羅が、見る見るとお夕の唇に呑み込まれていく。

いきなり魔羅がとろけそうで、あまりの心地良さに突き放すことが出来ない。

真之介は仁王《におう》立《だ》ち、お夕はその場にひざまずき、うんうん、と悩ましい吐息を洩らしつつ、ただでさえ色っぽい美貌をさらに艶《つや》めかせて、しゃぶっている。

「あ、ああ……」

真之介は腰をくねくねさせていた。益吉は毎晩、このような尺八をふたまわり近く年下の女房から受けているのだろうか。

お夕が立ち上がった。ねっとりとした眼差しで真之介を見つめつつ、小袖を脱ぎ、肌襦袢も脱いでいった。

たっぷりと実った乳房があらわれた。すでに乳首はとがっている。

「おなごの乳を見るのは、はじめてではないようですね」

「ま、まあ……」

紗季の乳房を一度ならず、二度、三度と目にしていた。形良く張ったふくらみを悪い輩が揉みくちゃにしているところも、何度も見ていた。

「さあ、どうぞ」

と手首を摑《つか》まれ、乳房に導かれた。

「しかし……このようなことは……」

いけないことでは、と言う前に、手が乳房に触れていた。

真之介は反射的に摑んでいた。摑むと、もう駄目だった。手を引けなくなってしまう。

乳房はやわらかかった。これまでの人生で体験してきたどんなやわらかさとも違っていた。

真之介は思わず力を入れていた。

「ああ、そんなに強くなさってはいけません……私のような年増《としま》にはいいですけれど……ああ、志穂様にはもっとお優しくなさってください」

「わかった」

紗季の乳房をこねるように揉みしだいていた、悪い輩の手つきを無意識に真似《まね》ていたのだ。

「乳首をお吸いになってください」

真之介は言われるままに、とがったお夕の乳首に吸い付いた。

あっ、とお夕の躰がぴくっと動く。

「ああ……乳首も優しく……」

「う、うう……うう……」

乳首を吸いつつ、わかった、と返事をする。

「あ、ああ……はあんっ……」

お夕の敏感な反応に煽《あお》られ、真之介はひたすら乳首を吸い続ける。

「ああ……」

お夕がその場に崩れていった。床に、と言うと、襖《ふすま》を開く。すると目にも鮮やかな緋《ひ》色の布団《ふとん》が視界に飛び込んできた。

床が一つに枕が二つ。行灯《あんどん》の光が、なんとも妖《あや》しげだ。外は、まだお天道様が昇っている。ここは別世界であった。

さあ、とお夕が掛け布団をめくり、仰向《あおむ》けに寝た。

真之介ははだけた着物を脱ぎ、裸になると、お夕の横に膝をついた。そして、腰巻きに手を掛けると、引き下げていった。

すると、下腹の陰《かげ》りがあらわれた。紗季と比べて、かなり濃いめに茂っている。

「女陰を……じっくりとご覧ください、真之介様」

羞恥の息を吐くように、お夕がそう言った。

「忝《かたじけな》い……」

真之介は恥毛を梳《す》き分け、割れ目をあらわにさせると、それをくつろげていった。

「あ、ああ……」

恥ずかしい、とお夕が両手を恥部に向ける。

「隠したら、見られないではないか、お夕」

「だって……」

やはり、女陰を見られるのはかなり恥ずかしいのか、お夕は土壇場《どたんば》になって恥部を隠し続ける。

隠されるとさらに見たくなるのが人情だ。真之介にしては珍しく、お夕の手首を摑むと、力ずくで左右にやった。そして、あらためて割れ目をくつろげていく。

「ああ……真之介様……」

あらわとなったお夕の女陰は、すでに蜜《みつ》であふれていた。女陰自体は桃色ではなく、赤く染まっていた。

「これが……女陰なのか……」

薔薇《ばら》の花びらを思わせるような肉の襞《ひだ》が、なにかを欲しがるように収縮を見せている。

じっと見ていると、吸い込まれそうになる。なにかを入れたくなる。

「あ、ああ……そんなに……ああ、ご覧にならないで……ああ、ください」

お夕は羞恥の熱い息を洩らし、くねくねと下半身をくねらせている。

益吉、すまぬ、と言いつつ、真之介は人差し指を入れていった。入れずにはいられなかったのだ。

「あっ、いけません……真之介様……」

お夕の裸体がぴくぴくっと動く。蜜まみれの女陰は、燃えるようだった。

真之介の指に、ざわざわと熱い肉の襞がからみついてくる。

「こ、これは……」

魔羅を入れたら、魔羅にこうやってからみつくのか。

そんな刺激を受けたら、即、暴発させてしまいそうだった。

志穂どのの女陰もこうなのだろうか。それとも、お夕の女陰は特別なのか。おなごの躰を教えてもらうつもりが、逆にわからなくなる。

志穂の女陰もこうなら、童貞男の真之介などひとたまりもないだろう。強姦魔のおぞましい記憶を消すどころではない。

「皆、女陰はこうなのか、お夕」

「ああ、わかりません……」

それは困る。志穂の女陰もこうなら、相当の覚悟を持って、挿入《そうにゆう》しなければならない。

「ああ、入れてください……ご自分の魔羅で……ああ、おなごの躰を……ああ、お確かめください」

「そうだな……」

ここまで来たら、入れるしかない。何事も経験である。お夕の好意を有り難く受けるのだ。

すまない、益吉。この恩は必ず返すからな。真之介はお夕の股間に腰を落とすと、魔羅の先端をお夕の割れ目に向けた。

狙いを定め、ぐっと腰を突き出していく。が、狙いは外《はず》れ、しかも、割れ目からあふれ出した蜜で滑り、おさねを突いてしまった。

「あんっ……」

お夕の腰がぶるっと震える。

真之介はもう一度、鎌首を突きだした。が、二度目も挿入出来ず、別のところを突いていた。

あせってはならぬ。落ち着くのだ。

お夕相手に稽古の機会を持てて良かった、と心底思った。いきなり志穂相手だと、大恥を掻《か》くところであった。

お夕は瞳を閉じて、じっと待っている。

お夕とは十ばかり年が離れている。だから、安心感があった。町人ということもあるだろう。

けれど志穂は年下で、武家の娘である。相当緊張することが予想された。

すると、魔羅がたちまち萎《な》えていった。あわてて、割れ目を突くものの、挿入どころではなくなっていく。

どうされたのですか、とお夕が瞳を開いた。あら、と言って、お夕がすぐに真之介の股間に色っぽい美貌を埋めてきた。

萎えていく魔羅を根元まで咥えこみ、じゅるっと吸ってくる。

「あっ、ああっ……いかんっ……ああ、いかんぞっ、お夕っ」

瞬《また》く間に大きくなったが、次の刹那、お夕の喉に向かって暴発させていた。

五

その夜、紗季は五つ過ぎ（午後八時頃）より、神田川沿いを歩いていた。

出来れば刀を持っていたかったが、そういうわけにもいかず、懐《ふところ》に懐剣《かいけん》を忍ばせていた。

昨夜は家を出られなかったが、今宵は出ることが出来た。番方の父が城泊まりのお勤めなのだ。

父には申し訳なかったが、真崎秀次郎を斬った辻斬りが姿をあらわしたかもしれない、と聞かされると、家にじっとしていられなかった。志穂と真之介のことも頭をよぎっている。

昌平橋《しょうへいばし》と筋違橋《すじかいばし》の真ん中辺りの川原で、浪人者の死体は見つかっていた。真崎秀次郎もほぼ同じような場所で斬られていた。

真崎秀次郎は相当腕が立つ男だった。それゆえ、相手もかなりの剣の遣い手だと思った。

同じ頃――真之介は志穂と大川沿いの料理屋にいた。離れの座敷で二人きりであった。

二人の前の膳には、豪華な料理が並んでいたが、真之介も志穂もほとんど手を付けていなかった。

ここはただの料理屋ではなかった。離れには、床が敷かれた座敷が用意されていた。

益吉が用意してくれたものだった。この世に、こういった都合のいいものがあるとは、真之介はまったく知らなかった。

床が敷かれた座敷は襖の向こうである。そのことを、真之介はもちろん、志穂も知っている。

知っているから、料理が喉を通らないのだ。

「あの、お酒を」

とお銚子を持って、志穂が真之介の隣ににじり寄ってきた。

真之介がお猪口《ちょこ》を持つと、志穂がお銚子を傾けていく。かちかちとぶつかる音がする。

あっと思った時には酒があふれ、真之介の指を濡らしていた。

「ああ、申し訳、ありませんっ」

志穂があわてて小袖の懐から手拭いを出し、真之介の指を拭おうとした。その手を、真之介が摑んだ。

「志穂どの……」

「ああ、真之介様……」

お互い見つめ合い、どちらからともなく、唇を寄せていった。

紗季は昌平橋を須田町《すだちょう》の方に渡っていた。

こちら側は武家屋敷が建ち並んでいる。当然のことながら、この刻限、ひっそりとしていた。

しばらく歩いていると、いやっ、というおなごの悲鳴が聞こえた。

紗季は悲鳴がした方に走りだした。辻から女が出てきた。素っ裸だった。月明かりを浴びた乳房が、上下左右に弾んでいる。

「ああ、お助けくださいっ」

紗季を目にして、裸の女が助けを求めた。

辻から追っ手がやってきた。二人だった。一人は袴《はかま》姿、もう一人は着流しだったが、着物は見るからに高価なものだった。

「おう、もう一人いるではないか」

と着流しの男が、うれしそうな声をあげた。腰から太刀を抜き、迫ってくる。

「さあ、はやくこちらに」

と手招いたが、裸の女が足をとられ、地面に倒れた。

紗季は裸の女を庇《かば》うように駆け寄り、懐剣を出した。

ほう、と着流しの男が感嘆の声をあげた。

「おなごの分際で、わしに刃を突きつける気か」

高価な着物姿の男の腕はたいしたことがないことは、構えを見てすぐにわかった。

「さあ、はやく逃げて」

と背にしている裸の女に向かって、紗季は言った。はいっ、と裸の女が駆け出す気配がした。

「待てっ」

と着流しの男が、紗季を払うように、太刀を振った。

紗季は太刀の動きを見切り、懐剣で男の太刀を払うと、手の甲《こう》を狙って、振った。

すると、若様っ、と声がして、袴姿の男が高価な着物の男を強く押しやった。

そのため、きわどく、紗季の懐剣は空を斬った。

「こ奴っ、おなごと思って、手加減してやっておったのにっ」

そう言って、着流しの男が、紗季に向かって太刀を振ってきた。

紗季はさっと下がるなり、身を翻《ひるがえ》し、走り出した。

「こらっ、待てっ」

紗季の五間（約九メートル）ほど先を、裸の女が走っていた。ぷりぷりとうねる尻が、女の目から見ても、悩ましい、と感じた。


真之介はただじっと、志穂と唇を重ねていた。志穂は美貌を上向かせ、ぎゅっと真之介の着物の袖を握り締めていた。

はじめての口吸いで、どうしていいのかわからなかったのだ。思えば、お夕とは口吸いをしていなかった。

口を引くと、真之介は志穂の手を取り、立ち上がった。

襖を開くと、床が二人を迎えた。わかっていても、どきりとする。

志穂は、あっ、と声をあげて、強く真之介の手を握りしめてきた。出会い茶屋とは違って、けばけばしい緋色ではなく、白の掛け布団であった。

ここは俺がうまく導かねばならぬ、と真之介は志穂の腰に手をまわした。志穂の腰はほっそりとしていた。

掛け布団をめくり、そこに並んで膝をついた。そしてあらためて、志穂の唇を吸っていった。

すると今度は、志穂のほうから舌を忍ばせてきた。

甘い舌にからめとられ、真之介の躰は一気に昂《たか》ぶった。

なんと甘い唾《つば》なのだろうか。舌と舌をからめているだけで、手足の先までせつなくとろけていく。

ひたすら舌と舌とをからめていると、志穂が真之介の着物の帯に手を掛けてきた。

結び目を解き、前をはだけるなり、胸板に手を置き、撫でてきた。

それだけでも、なんとも心地よく、真之介は躰をくねくねさせていた。すると、志穂の手が下帯に降りてきた。

下帯も解かれ、魔羅をあらわにされた。

導くつもりが、志穂に主導されっ放しであった。魔羅を摑まれた。

「ああ、これが……ああ、真之介様なのですね」

志穂が白い手でしごいてくる。志穂の舌が忍んできた時より、真之介の魔羅は鋼《はがね》となっていた。

自分だけ魔羅をあらわにさせていてどうする、と真之介は志穂の帯に手を掛ける。

が、うまく結び目を解くことが出来ない。

すると志穂が魔羅から手を引き、自分で帯を解いていった。そして、小袖を脱いでいく。

なんとも甘い匂いと共に、肌襦袢があらわれる。志穂はそれも自らの手で脱いでいった。

乳房があらわれた。豊かに実った乳房は、なんとも形が良かった。

「志穂どの……」

真之介は右手を伸ばし、志穂の乳房を掴んでいった。思わず強く揉みそうになったが、お夕の言葉を思い出し、優しく揉んでいく。

志穂の乳房はぷりっと張っていた。お夕とはまた揉み心地が違っていた。

「あ、ああ……」

志穂が甘くかすれた声を洩らし、再び、魔羅を掴んできた。

「ああ……怖いだけだった魔羅なのに……ああ、真之介様の御魔羅《おんまら》だと思うと……ああ、安心します……」

「志穂どの……」

真之介は志穂を床に寝かせた。そして乳房の頂点で芽吹きはじめた蕾《つぼみ》を口に含んでいった。

ちゅっと吸うと、はあっ、と志穂が喘ぎを洩らす。

真之介の口の中で志穂の乳首がさらにとがる。右の乳房から顔をあげると、左の乳首を舌先で突く。

「あんっ……」

と志穂が上体をぴくっと動かした。

真之介は顔をあげると、腰巻きに手を掛けた。志穂の腰から脱がせていく。

「ああ……恥ずかしいです……行灯を消してくださいますか」

真っ暗はまずい。きちんと狙いを定められるか不安になったが、入り口が見えないと困ります、とも言えない。

「おねがいします……真之介様」

仕方なく真之介は立ち上がり、行灯の火を消した。すると、真之介の前から魅惑の裸体が消えた。

が、しばらくすると、白い裸体が薄闇の中からぼおっと浮き上がってきた。

六

「どこに逃げた」

高価な着物姿の男と袴姿の男が川原に降りてくる。

紗季と裸の女は廃材の背後に隠れていた。

「あの二人は何者なのです」

「わかりません……居酒屋の仕事を終えての帰り道で、いきなり攫われてしまって……気がついたら……どこかのお屋敷の庭に、裸で放されていて……」

「裸で……放される？」

「はい、庭には五人くらいのおなごがいて、皆、裸なのです……そして、若様と呼ばれていた男が竹刀《しない》を持って、追ってくるのです……お尻をぶたれたら……その場で……犯されてしまうのです……」

「なんてこと……」

「私は別のおなごが若様に犯されている隙《すき》を見て、木を登り、枝から塀に飛び移ったのです……小さい頃から木登りが得意だったので、逃げられました……」

裸の女は愛らしい顔立ちをしていた。紗季は小袖を脱ぎ、裸の女の肩に掛けてやった。

「そこだな、女」

着流しの男が、太刀を手に廃材へと近づいてきた。

このままでは二人とも捕まる。せめて、裸の女だけは助けたかった。

逃げて、と言うと、紗季は廃材の陰から立ち上がった。そして肌襦袢を躰の曲線に沿って滑らせていく。

「ほう」

着流しの男が、あらわになっていく紗季の躰に見惚《みと》れた。その背後に、袴姿の男がいる。控えているような雰囲気を感じた。

紗季は腰巻き一枚で懐剣を構えた。乳房をあらわにさせたのは、これまでの経験で、相手に隙が生まれることがわかっていたからだ。

「これはなんとも上物ではないか。わしが生け捕りにしてやろう」

着流しの男は太刀を峰に返した。紗季を見つめる目が異様な光を帯びていく。

一気に踏み込み、紗季の腹を狙って払ってきた。

紗季は難なく見切り、男の腕に向かって懐剣を振る。

かすり傷程度の手応えだったが、着流しの男は顔を歪《ゆが》め、痛い痛い、と声をあげた。

「痛いっ」

「若様っ」

太刀を振り、紗季を牽制《けんせい》しつつ、袴姿の男が腕の傷を見る。

「斬られたっ、おなごに斬られたっ」

「若様っ、若様っ、落ち着いてくださいっ」

男たちはもはや戦意を失っている。

紗季は身を翻し、肌襦袢を拾うと、女を連れて川原を走り出した。


真之介は指を割れ目の中に入れていった。

あっ、と志穂の裸体がぴくっと動く。

志穂の女陰はしっとりと潤《うるお》い、肉の襞が指にからみついてきた。

しばらくまさぐっていると、

「ああ……くださいませ……ああ、真之介様の御魔羅で……ああ、般若の記憶を消してくださいませ」

と志穂が言った。

真之介は薄闇の中でうなずき、女陰から指を抜いた。そして、魔羅の先端を割れ目へと向けていった。

狙って入れることは叶《かな》わない。運を天に任せ、ぐぐっと突いていった。

が別のところを突いてしまう。真之介は二度、三度と突いていく。が駄目だ。

あせってはならぬ、落ち着くのだ、と言い聞かせるが、これでは童貞だとわかってしまう、と冷や汗を掻いていた。

すると魔羅を摑まれた。

「くださいませ、真之介様」

志穂の声に導かれるように、真之介はそのまま腰を突き出していった。次の刹那、先端が熱い粘膜に包まれた。

「あっ、これは……」

真之介はさらに腰を突き出す。すると、鎌首がぐぐっと肉の襞をえぐる感覚を感じる。

「ああ、真之介様……」

「志穂どの……」

真之介はさらに深く突き、志穂と繫がっていった。

ああ、これが女陰なのか……ああ、これがおなごなのか……。

二の腕を強く摑まれた。真之介は魔羅全体を志穂の女陰に包まれたまま、上体を倒していった。

すると、ぐっと志穂がしがみついてきた。

「ああ、ずっとこのままで……ああ、ずっと離れないでください、真之介様」

志穂の甘い息をそばに感じた。真之介は甘い息めがけて、顔を下げていった。すると、やわらかな唇に触れた。

舌がぬらりと入ってくる。じゃれるようにからませると、ただでさえ締まりのいい女陰が、さらにきゅきゅっと締まってきた。

このままだと、じっとしていても出してしまう、と真之介は顔を上げた。そして、抜き差しをはじめる。

「あっ、ああ……真之介様」

ひと突きごとに、志穂は甘い声をあげて応えてくれる。

「ああ……出そうです……もう、出そうです」

「ください……ああ、真之介様の精汁で……ああ、志穂を染めてくださいませ」

「ああ、志穂どのっ」

志穂の中で、ぐぐっと膨張し、そして爆《は》ぜた。

紗季は肌襦袢と懐剣を手に、走っていた。乳房が上下左右に弾んでいる。

紗季の脳裏に、並木真之介から聞いた検視の医者の話が、浮かんでいた。

『肩口のほうは、見事な太刀筋ですが、とどめをさしたと思われるほうは、刃筋が乱れています。一人はかなりの遣い手。もう一人はたいした腕ではありません』

一人はかなりの遣い手、もう一人はたいした腕ではない。

袴姿の男に、若様と呼ばれていた高価な着物姿の男……。

あの二人組が過日の辻斬りの下手人ではないのか……となると……真崎秀次郎を殺《あや》めたのも……あの二人ということになる……。

走りながら、紗季の躰は震えはじめていた。

夜芽吹き

一

益吉は客間と思《おぼ》しき座敷に花岡紗季と並んで座っていた。隣からずっと、なんとも言えない甘い薫《かお》りがかすかに漂《ただよ》ってきている。

益吉は三年前まで岡っ引きとして働いていた。定町廻り同心の並木真一郎から手札《てふだ》を預かっていたのだが、息子の真之介に家督を譲《ゆず》ったのを潮《しお》に、十手《じって》を返上していた。

ところが、過日、管轄《かんかつ》違いで手が出せない真之介に頼まれて、深川正徳寺の賭場《とば》に、益吉は紗季と共に乗り込んだのである。

久しぶりの現場に齢《よわい》五十過ぎの血は大いに騒いだが、なによりも驚き感嘆したのは、紗季の脱ぎっぷりの良さであり、その素晴らしい裸体にであった。

いかさま博打《ばくち》のかたに連れ去られた娘を救うためとはいえ、あの時、紗季はやくざ者や客人たちの前で、あろうことか手慰《てなぐさ》みをやってのけたのだ。

『ああっ……恥を……ああ、かきそうですっ』

なんとも艶《なま》めいた甘い喘《あえ》ぎ声が、今でも益吉の耳元に生々《なまなま》しく蘇《よみがえ》ってくる。

乳房を揉《も》みながら、白い指を割れ目に忍ばせて身悶《みもだ》える恥態《ちたい》を、益吉は触《ふ》れるほどそばで見ていた。

女房のお夕の裸体も色香にあふれているが、武家娘の紗季の裸体も官能美に満ちていた。

そう言えば、このところお夕の様子がなにかおかしい。心ここにあらずと言った顔をしていることがよくあった。

お夕とはいっしょになって二年になる。ふたまわりも離れている若い女房だ。もしかして、浮気心でも湧《わ》いてきているのではないか。気になるいい男とでも出会ったのか。

お夕に限ってそんなこと……紗季の薫りが、いつしかお夕への心配に変わってしまっていた。

お待たせしました、とこの家の主人である笹野屋文左衛門《ささのやぶんざえもん》が座敷に姿を見せた。笹野屋は日本橋《にほんばし》に呉服問屋を構える大店《おおだな》である。

挨拶《あいさつ》をすませた文左衛門は、益吉の隣に座る美貌の女人を見て、

「こちらは、どういう御方《おかた》でしょうか」

訝《いぶか》しげな表情を浮かべた。

場違いな人物をどうして連れてきたのだ、とその目は告《つ》げていた。

「この方は紗季様と申します。番方、花岡甚八郎様の娘御であられます」

「旗本の姫様ですか」

なるほど、という顔をしたものの、ますます、なぜこの場にという目を、文左衛門が二人に向けてくる。

「あっしが、紗季様にお頼み申し上げたのです」

「頼むとは、こたびの事の解決のために……花岡様を……」

「そうです」

「しかし……失礼ながら、おなごの身で……」

「紗季様はかなりのやっとう遣《づか》いなんですよ」

「そうなのですか。しかし……」

「ここだけの話にしてもらいたいのですが、闇烏の頭《かしら》を捕《と》らえたのは、紗季様なのです」

「なんと……」

「旗本や御家人の娘が攫《さら》われるという事件が起こっていたのですが」

「あれは無事、解決した、と出入りの岡っ引きから聞きました」

「それも、紗季様が解決に導いたのです」

「確か、定町廻りの並木様が見事解決したと聞いていましたが」

「違うのです。このところ、並木様が解決したと言われているものは、実はすべて紗季様の手柄なのです」

「そうだったのですか」

文左衛門が紗季を見つめる目が変わった。

「なお、本日、お伺《うかが》いしていることは並木様はご存じありませんので」

文左衛門は得心《とくしん》したのかあらましを語り始めた。

どうやら娘を攫われたらしい。文左衛門には瑞恵《みずえ》という二十歳《はたち》になる娘がいる。その愛娘《まなむすめ》が拐《かどわ》かしにあい、身代金を要求されているというのだ。

本来なら、町方に訴え出るのが筋なのだが、嫁入り前の娘の評判を気にした文左衛門が、岡っ引き時代に懇意《こんい》にしていた益吉に、内々に事を解決して欲しい、と頼んできたのである。

攫われたとなると、無事に戻ってきても、世間からは、瑞恵が傷もの扱いとなってしまいかねない。

それを、文左衛門はなにより恐れていた。

「どうぞ、娘をよろしくお願いいたします」

と益吉と紗季に向かって、深々と頭を下げた。

二

五つ半過ぎ（午後九時頃）。昼間は行徳舟《ぎようとく》が行き交う小名木川も、この刻限はひっそりとしている。

猪牙舟《ちよき》に乗った紗季は、指定された場所に向かって、一人で櫓《ろ》を漕《こ》いでいた。女中たちが着るような、質素な小袖を身につけている。正面には提灯《ちようちん》を掲《かか》げていた。

瑞恵が姿を消したのは、昨日のことであった。日本橋界隈《かいわい》でも美貌の娘と評判だった。小唄の稽古《けいこ》に神田まで出かけたが、帰宅途中に忽然《こつぜん》と消えてしまったらしい。

お付きの女中もいたが、ちょっと目を離した隙《すき》に、いなくなっていたという。

そして今朝、笹野屋の庭に、石を包んだ文が投げ込まれた。

『娘はあずかった。五つ過ぎ、小名木川と横川が交叉《こうさ》するあたりに、二百五十両を持って来い。女に運ばせろ。舟の上で、娘と二百五十両を交換する』

とあった。

猪牙がゆらす川面《かわも》には紗季が決して忘れない二人の男の顔が映《は》えていた。突然、紗季を襲った着流しの男と袴《はかま》姿の男の二人組である。奴らはいったい何者なのか。真崎秀次郎を斬《き》った輩《やから》ではないのか。思い出すだけで櫓を握る手が震えて止まらない。

地面を引きずるような足音に顔を上げると、益吉が提灯の明かりを頼りに、土手沿いを共に移動していた。老体の身にはきつく、すでに足元がふらついていた。

同じ頃、並木真之介は両国にある益吉の店を訪ねていた。

見事、幼馴染《おさななじ》みの小坂志穂とのまぐわいを成就《じようじゆ》し、晴れて真の男となった礼を言いに、寄ったのだ。

「いらっしゃい……あら、並木様」

お夕が真之介を見て、艶《つや》っぽい笑みを浮かべた。幸か不幸か、店には他の客はいなかった。

「お夕さん……」

「お夕さんだなんて、他人行儀な……あの時のように、お夕って呼んでくださいな、真之介様」

そう言って、お夕が近寄ってくる。

「益吉は……いないのか」

おどおどと後退《あとずさ》る真之介に、

「あの人は、野暮用で出ています。今宵《こよい》はしばらく戻りません」

にじり寄りながらお夕は、じっと真之介を見上げてくる。口吸いを求めているように見える。やや開き気味の厚ぼったい唇が、なんともそそる。

「その節は……その……あの……世話になった、お夕……感謝しているぞ」

「志穂様と、見事、まぐわわれたのですね」

「そうだ。お夕の指南の賜《たまもの》だ」

「志穂様がうらやましいですわ……真之介様に……串刺しにされるなんて……」

串刺し、という言葉に、真之介はどきりとする。

お夕が店の外に出た。すぐに暖簾《のれん》を手に戻ってくる。

「どうしたのだ」

「店終《じま》いにしました、真之介様。さあ、ふたりきりで飲みましょう」

そう言うと、酒を取りに奥へと消えた。益吉がいないのならまた出直そう、という言葉が、どうしても出なかった。

人妻の色香あふれる裸体。魔羅《まら》がとろけそうな尺八を思い出し、下帯の中で魔羅を硬くさせていた。


小名木川と横川が交叉するところまで来ると、向こうから猪牙舟が迫ってきた。提灯は掲げていない。

月明かりの下、女人の姿と二人の男の姿が見えた。

小袖姿の女人は後ろ手に縛られ、猿轡《さるぐつわ》を嚙《か》まされていた。二人の男は共に、黒頭巾《ずきん》を被《かぶ》っていた。腰に長脇差《ながわきざし》を差していたが、立ち姿が武士には見えなかった。

「おいっ、二百五十両は持ってきたか」

と大柄なほうが声を掛けてきた。二間（約三・六メートル）ほどまで寄ってきた。

「お金は持ってきました。お嬢様を返してください」

「素っ裸になるんだ」

「す、素っ裸……どうしてですか」

「小袖の中に、物騒なものを隠しているかもしれないからな」

「そんなもの隠していません」

「そんなこと、わからない。瑞恵を返して欲しかったら、まずは、その小袖を脱いでみせるんだ」

瑞恵は泣き濡《ぬ》れた目で、じっとこちらを見ている。

「わかりました……」

紗季は小袖の帯に手を掛けた。帯を解《ほど》くと、小袖の前がはだけ、肌襦袢が提灯の明かりに浮かび上がる。

「はやくしな、女」

紗季はうなずき、小袖を脱ぐと、肌襦袢《はだじゅばん》の腰紐《ひも》を解き、躰の曲線に沿って滑《すべ》らせていった。

すると、たっぷりと実った乳房があらわれた。

「ほう、いい乳をしているじゃないか。あんた、笹野屋の女中か」

両腕で乳房を抱きながら、はい、と返事をする。

「隠すんじゃないっ。とっとと、腰巻きも脱ぐんだ」

「これは、ゆるしてください」

「腰巻きの下に、なにか隠しているかもしれない」

大柄な男が、腰から脇差を抜き、瑞恵の喉《のど》に切っ先を突きつけた。

「はやく脱ぎな、女」

紗季はあわてて腰巻きも脱いでいった。

小名木川の真ん中。猪牙舟の上で、紗季は生まれたままの姿にされた。

提灯の明かりを受けて、女らしい曲線を描く裸体が、なんとも妖《あや》しげに浮かび上がる。

下腹の陰りは、とても品よく生《は》え揃《そろ》っている。

「いい生えっぷりじゃないか、お武家みたいだぞ」

「裸になりました……お嬢様を返してください」

「二百五十両を見せてみろ」

紗季はその場にしゃがむと、麻袋から切り餅《もち》を取り出し、両手で掲げて見せる。腋《わき》の下があらわとなり、乳房の底が持ち上がる。

「いいだろう」

そう言うと、大柄な男が脇差で瑞恵の後ろ手の縄を切った。すると、もう一人の男が背後より小袖を引き下げていった。

「ううっ……」

いきなり、たわわな乳房だけではなく、下腹の陰りまであらわれた。

「ほらっ、返すぜっ」

大柄な男が、裸に剝《む》いた瑞恵を猪牙舟から突き落とした。

「あっ」

紗季は目を丸くした。瑞恵の裸体が川に沈んでいく。

一瞬、川岸の益吉に目をやるが、紗季はあわてて飛び込んだ。瑞恵の白い足がおぼろ気に見える。紗季は足首を摑《つか》むと、ぐっと引き寄せた。瑞恵は上方の紗季に気がつくと、躰をくの字に折り手をのばしてくる。

上体を起こした瑞恵の手を握ると、紗季はしっかりと抱き寄せ、川面に浮き上がっていった。

顔を出すと、小柄なほうの黒頭巾が紗季の猪牙舟に乗り込み、二百五十両が入った麻袋を手にしていた。

何も出来ない益吉は成り行きを見守るだけである。

紗季は瑞恵を抱いたまま、猪牙舟に近寄っていく。

黒頭巾たちは、二百五十両を手にしても逃げなかった。大柄な男が脇差を手に、待っている。

「さあ、上がって来い」

紗季は瑞恵を先に猪牙舟に上げた。ずぶ濡れとなった瑞恵の裸体を、小柄な男が引き上げていく。

そして紗季も脇差の切っ先に促《うなが》されるように、猪牙舟に上がっていった。

ただでさえ魅力的な裸体が、ずぶ濡れになって、ますます官能的に輝いていた。豊満な乳房から、あぶらの乗った太腿《ふともも》から、水滴が滴《した》り落ちていく。

大柄な男が瑞恵の猿轡を毟《むし》り取った。そして、この女は女中か、と問うた。

「は、はい、女中です……」

「うそをつくな。女中ではないだろう」

そう言って、大柄な男が瑞恵の乳房に切っ先を突きつける。

瑞恵はひいっと息を飲み、違います、と言った。

やはりな、とうなずき、おまえは何者だっ、と大柄な男が紗季に問うた。

紗季は無言のまま、黒頭巾の男たちをにらみつけた。

「まあいい。その躰にたっぷりと聞いてみようじゃないか」

そう言って、大柄な男が左手を伸ばし、水滴を滴らせている紗季の乳房を鷲摑《わしづか》みにしてきた。

紗季はずっと隙を窺《うかが》っていたが、反撃する機会はなかった。小柄な男も手を出して、二人で紗季の乳房を揉みしだきはじめた。

「いい揉み心地じゃないか。女、名をなんと言うんだい」

「紗季です……」

「そうかい。いい名じゃないか」

「お武家のような気がするぜ、兄貴」

と小柄な男がこねるように揉みつつ、そう言う。

「そうだな。お武家かもな」

頭巾からのぞく大柄な男の目が、光った。

小柄な男の足先に、硬いものが触れた。これはなんだい、と小柄な男がしゃがむ。

猪牙舟の底に置かれた脇差を、鞘ごと持ち上げた。

「脇差かい、やはり武家だな。そいつで、俺たちをやっつけるつもりだったのかい」

紗季の乳房を揉みつつ、大柄な男がそう言った。

紗季は黒頭巾の男たちを澄んだ黒目でにらみつける。魅惑のふくらみには、男たちが付けた手形が赤く浮き上がっていた。

同じ頃、真之介はお夕の酌《しゃく》で飲んでいた。

「志穂様がうらやましいです。私には、結局、入れてくださらなかったし……」

お夕は息がかかるほど熟れた躰を密着させて、酌をしていた。

その手が股間《こかん》に伸びてきた。着物の裾前から白い手を入れ、下帯越しに魔羅を摑んでくる。

「な、なにをする、お夕……」

「これから、続きをしてくださいませんか、真之介様」

下帯越しに摑みつつ、お夕が色っぽい美貌を寄せてくる。

「益吉が……帰ってくるではないか……」

「まだ帰りません」

「益吉はなにをやっているのだ」

「さあ、知りません……」

お夕の美貌が迫った。やわらかな唇で真之介は口を塞《ふさ》がれた。すぐに、ぬらりと舌が入ってくる。

真之介はそれを拒《こば》めなかった。お夕は舌をからめつつ、器用に下帯を解くと、弾《はじ》けるように出てきた魔羅を、じかに摑んできた。

「ああ、うれしい……お夕のことを思って……ああ、こんなにごりっぱに……」

唾《つば》の糸を引くように唇を離すと、お夕は樽《たる》から降りて、その場に膝をついていった。

そして、見事な反《そ》り返りを見せる魔羅の先端に、桃色の舌をからめてきた。

「あっ、そのようなこと……ああ、ならぬぞ、お夕」

ならぬぞ、と言いつつも、真之介はお夕の舌を払うことは出来ずにいる。

お夕はねっとりと鎌首に舌を這《は》わせつつ、ちらちらと真之介を見上げてくる。その濡れた黒目がなんとも妖しげでそそった。

舌が裏筋にからんでくる。

「ああっ……お夕……ならぬ……ああっ……尺八など……ああ、ならぬぞ……」

腰が震えだす。お夕が厚ぼったい唇を開き、唾まみれにさせた鎌首をぱくっと咥《くわ》えてきた。

反り返った胴体に沿って、唇を下げていく。それにつれ、真之介の魔羅がお夕の口の粘膜に包まれていく。

真之介はいつ益吉が戻ってくるか、と気が気でなかった。女というものは怖いものだ。

なにゆえ、自分たちの店で、堂々と、夫以外の魔羅をしゃぶれるのか……。

根元近くまで頬張《ほおば》ると、お夕は唇を引き上げていく。その時、ぐっと頬を窪《くぼ》めている。

「あ、ああっ……たまらぬ……」

益吉が今にも戸を開けそうな気がすると、尺八がさらに心地良く感じられる。

「うんっ、うっんっ……」

悩ましげな吐息を洩《も》らしつつ、お夕が色っぽい美貌を上下させる。

「ああ、出そうだっ」

と声をあげるなり、さっとお夕が美貌を引き上げた。なぜに止めるのだ、と真之介は思わず、問い掛けるような目でお夕を見下ろした。

「今宵は口では嫌です、真之介様」

そう言いながら立ち上がると、お夕は小袖の裾をたくしあげ、腰巻きを取っていった。

「な、なにを、するつもりだ、お夕……」

「今宵こそ、真之介様と男と女になりたいのです」

大胆に小袖の裾をたくしあげ、あぶらの乗り切った絖白《ぬめじろ》い太腿をあらわにさせると、お夕が樽に座っている真之介の腰を跨《また》いできた。

あっ、と思った時には、天を突く魔羅が燃えるような粘膜に包まれていた。料理屋の中で、益吉の若女房と忍《しの》び位茶臼《いちゃうす》(対面座位)で繋がってしまったのだ。

瞬《また》く間に、真之介の魔羅は根元までお夕の女陰《ほと》に包まれてしまう。

お夕は真之介の首に両腕をまわし、腰をのの字にうねらせつつ、唇を重ねてきた。

「う、うう……」

真之介はねっとりとお夕の舌におのが舌をからませつつ、たまらぬっ、とうなっていた。

上半身ではお夕の舌を味わい、下半身ではお夕の女陰を堪能《たんのう》している。贅沢《ぜいたく》過ぎるまぐわいに、真之介の躰はとろけていく。

「ああ、突いてください、真之介様」

唾の糸をねっとりと引きつつ唇を離すなり、お夕がそうねだる。

「益吉の女房を……ああ……突くわけには……ああっ……いかぬ」

「まだそのようなことを……ああっ、おっしゃるのですか……ああ……もう、真之介様の魔羅は……ああ、お夕の女陰に包まれているのですよ……ああ、言い訳は出来ませんよ」

そうなのだ。ゆるせ、益吉、と真之介はお夕の腰を摑むと、ぐいっと突き上げていするると、はあっんっ、と火の喘ぎをお夕が洩らし、さらに大胆に腰をのの字にうねらせる。


上下の動きと横の動きが重なって、快感が数倍に跳ね上がる。

「ああ、だめだっ……ああ、出そうだ、お夕っ」

「ああ、もっと……ああ、もっとたくさん……ああ、お夕を……ああ、突いてください」

お夕が真之介にしがみついてくる。

「ああ、無理だっ、お夕っ……ああ、出るっ」

おうっ、と吠《ほ》えて、真之介は真上に飛沫《しぶき》をぶちまけていった。

「あっ……ああ……」

お夕があごを反らし、白い喉を震わせる。

どくどくっ、どくどくっとお夕の女陰で、真之介の魔羅が脈動を続ける。その間も、お夕は腰をのの字に動かし続けていた。

たっぷりと出した真之介は、お夕に離れるように言った。が、お夕は真之介の股間に跨がったまま、離れようとしない。

「どうしたのだ、お夕。あっ、ああっ……そんなに締めるな……ああ、ああっ、お夕っ」

「あ、ああ、うれしいです……ああ、真之介様が……ああ、もっとお夕と繋《つな》がっていたいと言っています」

そのようなことはなかった。いつ益吉が戻ってくるか冷や冷やしているのだ。けれど、お夕の女陰の中で、真之介の魔羅ははやくも力を取り戻しはじめていた。

「ああ、もう一度、突いてください、真之介様」

「お夕……」

これが噂に聞く、抜かずの二発、というものなのか。志穂相手に真の男となって、はやくも二人めの女人の女陰で、抜かずの二発を経験することになろうとは、真之介はあらためて、お夕の女陰を突き上げていく。さきほど出したばかりゆえに、暴発を案じることなく、力強く突き上げることが出来た。

「あっ、あんっ、あんっ……いい、いいっ……ああ、真之介様っ……ああ、お強いですっ」

色香あふれる年増《としま》に、お強いなどと言われ、真之介はますます熱い血を滾《たぎ》らせていく。

「どうだっ、お夕っ」

といっぱしの色事師になったような気分で、お夕の女陰を突き上げていく。

「ああ、いい、魔羅いいっ……ああ、お夕……ああ、お武家様の魔羅……ああ、はじめてなんですっ」

「そうか、お夕……ああ、そんなに締めるでないぞ……ああ、たまらぬ」

お夕の女陰の締め付けがさらに強くなり、二度めなのに、真之介は射精しそうになっていた。突き上げが弱くなっていく。

「あんっ、強くっ……ああ、強く突いてくださいっ」

そうだな、と真之介はぐぐっと突き上げる。いいっ、と魔羅の根元を強烈に締め上げてきた。

「あっ、だめだっ、お夕っ」

お夕の中で、再び、魔羅がぐぐっと膨張し、そして爆《は》ぜた。

九つ過ぎ（午前零《れい》時頃）に真之介は八丁堀の組屋敷に戻ってきた。

すると益吉が顔面を真っ赤にさせて、真之介の屋敷の前で待っていた。

お夕とのまぐわいが、露見したのだと思い、真之介はその場に土下座《どげざ》しそうになった。しかし、なぜに、もうわかってしまったのか……。

「真之介様っ」

と益吉が鬼の形相《ぎょうそう》で駆け寄ってくる。

すまぬ、という声が、紗季様が攫われましたっ、という声に掻《か》き消された。

「な、なんだとっ、今、なんと言った」

「申し訳ありませんっ、真之介様っ」

益吉のほうが、真之介の足元に土下座していた。

「笹野屋に娘の拐かしの解決を頼まれまして……ああ、内密にということで……ああ、真之介様に相談せず……ああ、紗季様に……ああっ、申し訳ありませんっ」

益吉がこれまでの事の次第を話した。

「二人とも……裸で……連れ去られただと……」

「はい。二百五十両も、ああ、娘も……ああ、紗季様もみんな……持っていかれました」

川岸で張っていた益吉にはどうすることも出来なかった。息を切らしながら、本所の外《はず》れから、ここ八丁堀まで走ってきたのだ。

「わかった。益吉、笹野屋に案内してくれ」

「はいっ、真之介様っ」

益吉が頼もしそうに、真之介を見上げた。

三

「ああ、帰してくださいっ。ああ、安吉《やすきち》さんっ、どういうことなのっ」

「俺もわからねえんだよっ」

裸のまま捕らえられた紗季と瑞恵は両腕を後ろ手に縛られ、横川沿いのとある船小屋に連れ込まれていた。

そこには、瑞恵の思い人である安吉がやはり両腕両足を縛られて、ころがされていた。

紗季と瑞恵は、それぞれ別々の柱を背にして、立ったまま、縛りつけられていた。

「話が違いますっ。ああっ、父から五十両を取ったら、私を帰す約束だったはずですっ」

「そうだったかな。二百五十両と、いい女まで頂いてきたぜ」

そう言うと、大柄な男が黒頭巾を取った。額《ひたい》に大きな傷がある、目つきの鋭い男であった。

「うまくいきましたね、兄貴」

そう言いながら、小柄な男も黒頭巾を取る。こちらは、ぎょろ目であった。

「これで借金はちゃらになったはずだ。はやく、俺たちを自由にしてくださいよ、剛《ごう》蔵《ぞう》さんっ」

と大柄な男に向かって、安吉が言う。

小間物屋の次男坊の安吉は遊び人であった。博打と女がなにより好きで、代貸しの剛蔵に、三十両の借金があった。

それを返すために、安吉の手管《てくだ》にめろめろになっていた瑞恵が、大店の父に安吉の借金の肩代わりをさせることを思いついたのだ。

簡単な計画だった。瑞恵が攫われ、五十両の金と交換する、というものだった。二十両は、剛蔵たちの手間賃であった。

世間体を憚《はばか》る父は、間違いなく、内密に事を済まそうとしてくる、と瑞恵は読んでいた。それに、五十両なら、簡単に出すと思った。

読み通りだった。金と人質の交換の場には、町方はあらわれず、女だけが姿を見せた。そちらの読みは当たっていたが、やくざ者の行動までは読めていなかった。

五十両ではなく、二百五十両も取った上に、瑞恵を解放することもなかった。

「いい躰をしているじゃないか、瑞恵」

そう言って、剛蔵が縄で絞りあげられている瑞恵の乳房を鷲掴みにする。

「い、いやっ」

「やめてくれっ、瑞恵に手を出さないでくれっ」

床にころがされている安吉が叫ぶ。

安吉と瑞恵は秘《ひそ》かに付き合いだして、半年ほどになる。瑞恵は安吉に処女を捧《ささ》げ、その後、会うたびに躰を重ねあい、安吉の虜《とりこ》となっていた。

娘が生娘《きむすめ》だと思っている父親の文左衛門が知ったら、卒倒するであろう。

「この躰を楽しまないで、返してしまうなんてつまらないだろう」

そう言いつつ、剛蔵が瑞恵の恥部に手を伸ばし、繊毛に飾られた割れ目の中に、無《む》造作《ぞうさ》に指を入れていった。

「あうっ……」

瑞恵がつらそうに美貌を歪《ゆが》める。

「やめなさいっ。おなごの躰をいじりたければ、私の躰を好きにしなさいっ」

紗季がやくざ者に向かって、そう言った。

「もちろん、たっぷりといじるつもりだぜ、紗季様」

素っ裸に剝かれ、縄掛けされていても、そこから生来の品の良さのようなものを、剛蔵は感じていた。だから、思わず、様付けで呼んでいた。

剛蔵が瑞恵の女陰から指を抜き、柱に縛り付けている紗季の裸体に寄っていく。

あごを摘《つま》み、たっぷりと美貌を眺める。

「いい女だぜ。しかも武家ときている」

剛蔵はあごを摘んだまま、もう片方の手を紗季の恥部へと向けていく。

恥毛をそろりと撫で、割れ目の奥へと指を入れていく。

「う、うう……」

「ほう、熱いじゃないかい、紗季様」

「へえ、女陰、濡らしているんですかい、兄貴」

と小柄な男がにやにやと口元を弛《ゆる》めつつ、そう聞く。

「ああ、これを見ろよ、伊助《いすけ》」

と剛蔵が紗季から抜いた指を、小柄な男に向かって、突き出す。それは爪先から付け根まで、ねっとりと蜜にまみれていた。

「へえ、これは驚いた。こんな品のいいお武家でも、裸に剝かれて縛られて、濡らすんですね」

「ほら、おまえも指を入れてみろ」

と剛蔵が弟分に向かって、そう言う。すでに、紗季は剛蔵の女扱いになっている。すいやせん、と頭を下げて、伊助が紗季の割れ目に指を入れてくる。

「うう……」

紗季は伊助をにらみつける。伊助はにやにや笑いつつ、紗季の女陰をまさぐってくる。

「ああ、これはたまりませんね。ああ、指に吸い付いてきますぜ」

そうだろう、と剛蔵も指を入れてくる。二本の指が、それぞれ勝手に紗季の中で動く。

「あう、うう……」

紗季はじっと耐えていた。やくざ者たちが、紗季の躰に興味を持っている間は、瑞恵は無事なのだから。

「さっそく、魔羅を突っ込んでみるかい」

紗季の女陰から指を抜くと、剛蔵が着物を脱ぎはじめる。褌を取ると、禍々《まがまが》しく勃起させた魔羅があらわれた。

いぜ」
「瑞恵の躰はまだ味わっていないから、帰すわけにはいかないが、野郎は帰してもい
「その前に、瑞恵さんと安吉さんを解放しなさい」
「入れるぜ、紗季様。いいかい」

剛蔵があごをしゃくると、伊助が匕首《あいくち》で安吉の両腕両足の縄を切った。

「ほらっ、出ていきな。安吉。もちろん、このことは誰にも言うんじゃないぞ。おまえと瑞恵がねんごろなのは、誰も知らないんだろう」

「へい、誰も知りません。口が裂けても、誰にもしゃべりません」

と安吉が激しく首を振る。

「よし。借金はちゃらだ。おまえは自由だぜ、安吉」

「ありがとうございますっ」

と安吉はぺこぺこと頭を下げて、一人だけ船小屋から出て行こうとする。

「安吉さんっ、私を置いて逃げないでよっ」

と瑞恵が背中に声を掛ける。

安吉は戸の前で立ち止まり、振り向くと、悪いな、と言い、出て行った。

「安吉さんっ……どうしてっ……私を置いていかないでっ」

瑞恵がつぶらな瞳からぼろぼろ涙を流して叫んだ。

「あんな遊び人の言いなりになるのが、悪いんだよ、瑞恵」

そう言って伊助が、瑞恵の割れ目に指を入れる。

「ううっ……」

瑞恵がつらそうに美貌を歪める。

「瑞恵さんから手を離しなさいっ。嫌がっているでしょうっ」

と紗季が叫ぶ。

「そうかな」

伊助が瑞恵の足元にしゃがむと、顔を股間に埋めていった。おさねを口に含むと、女陰をいじりつつ、吸っていく。

すると、瑞恵が柱に縛られている裸体をくねらせはじめた。見る見ると乳首がとがり、熱い喘ぎを洩らしはじめる。

「あ、ああっ……あんっ、あんっ……」

「……瑞恵さん……」

「あっ、ああっ、だめだめ……ああ、おさね……ああ、そんなに吸ったら……ああ、だめです」

瑞恵の顔がとろんとなっている。

「安吉は女扱いがうまくてな。瑞恵は安吉の魔羅にぞっこんなんだよ。恐らく、笹野屋の主人は、今頃、大事な娘の処女が破られてしまうんじゃないか、と案じているだろうが、処女花なんて、とっくに安吉の魔羅で散らされているのさ」

紗季の乳房を揉みつつ、剛蔵がそう言う。

「伊助、おまえが瑞恵を泣かせてやれ」

へい、と瑞恵の股間から顔をあげた伊助も、手早く裸になり、魔羅をあらわにさせた。

誇示するようにしごきつつ、瑞恵の割れ目に鎌首を向けていく。

「いやっ、入れないでっ」

「やめなさいっ、入れるのなら、私に入れなさいっ」

瑞恵と紗季の声が飛び交う中、伊助が立ったまま、真正面からずぼりと突き刺していった。

「いやっ……い、いや……あ、ああっ……」

奥まで貫《つらぬ》いた伊助がさっそく抜き差しをはじめるなり、瑞恵の声が甘ったるくなった。

「おう、いい具合に締めてきますぜ、兄貴」

にやにやしつつ、伊助がそう言う。

「そうかい。泣き声を競《きそ》わせるとするか」

剛蔵が紗季の割れ目に鎌首を当ててきた。両腕をきっちりと後ろ手に縛られている紗季は、どうすることも出来ずにいる。

「ああっ、ああっ……」

瑞恵の泣き声が甲高《かんだか》くなっていく。

「入れるぜ、紗季様」

剛蔵が紗季の美貌を見つめつつ、鎌首を押し込んできた。

「う、うう……」

ぐぐっと割れ目を裂き、鎌首がめりこんでくる。

「おう、きつい女陰だぜ。ああ、たまらないぜ」

うんうんうなりつつ、剛蔵が紗季の女陰を串刺しにしてくる。

「いい、いいっ……ああ、魔羅いいっ」

瑞恵のよがり泣きが、船小屋の熱い空気を震わせている。

「ほら、泣いていいぞ、紗季様。瑞恵とどちらがいい声で泣くか、競争だ」

とがりはじめた乳首を摘み、軽めにひねりつつ、剛蔵が抜き差しをはじめた。

「あうっ、うう……」

やくざ者を喜ばせるような泣き声だけは出すまいと、紗季は唇を噛みしめた。

ふと、紗季の脳裏に、並木真之介と志穂の恥態《ちたい》が浮かんだ。

真之介と志穂は、肉の契《ちぎ》りを結んでいた。それは、紗季が勧めたことでもあった。

けれど、好いてもいない男の魔羅で貫かれている今、好いた男の魔羅で貫かれた志穂のことが、とてもうらやましく思えた。なぜに、そう思うのか。私は志穂に嫉妬しているのだろうか……。真之介とまぐわった志穂に……。

四

九つ半近く(午前一時頃)。真之介は益吉の案内で、日本橋の笹野屋を訪ねていた。

主人の文左衛門と座敷で向かい合っている。

「身代金が、二百五十両とな」

はい、と文左衛門が返事をする。真之介をすがるように見つめている。

「気になるな」

「なにがですか、真之介様」

と益吉が問う。

「なにゆえ、三百両にしなかったのだ。いや、五百両でもいいではないか。二百五十両とは、なんとも中途半端な金額であるな」

「そう言われてみれば、そうですね」

「ちょっと手水《ちょうず》に」

と真之介は立ち上がった。厠《かわや》に向かわずに、奥の台所へと向かう。深夜であったが、身代金の受け渡しに失敗したとあって、使用人たちは皆起きていた。

「水をくれないか」

とそばの女中に言うと、はいっ、と水瓶《みずがめ》から柄杓《ひしゃく》で掬《すく》った。そのままでいい、と柄杓ごと受け取ると、真之介はごくごくと飲んだ。

「娘のお付きの女中は誰だい」

と五人いる使用人を、真之介が見回す。すると、私です、と瑞恵と同じ年頃の女中が手をあげた。お民《たみ》と名乗った。

真之介はお民の手を引くと、厠へと連れて行った。

「瑞恵には、思い人がいるんじゃないかい」

「えっ……いや、そのような人は……いません」

「正直に言うんだ。文左衛門には内緒にしておくから、案じることはないぞ」

そう言って真之介はじっとお民を見つめた。

「あの……お嬢様は……あの……二度に一度は、小唄の稽古を休んでおられました……」

「男と会っていたんだな」

「は、はい……」

「攫われた日も会っていたんだろう」

「はい……すいません……言わなくちゃ、言わなくちゃ、と思っていたんです……あ、あ、でも……言い出せなくて」

お民は涙を流して、詫《わ》びはじめた。

「その男は誰だい」

「小間物屋の安吉さんです」

「そいつは、博打好きじゃないのかい」

「ああ、どうして、おわかりになるのですか」

とお民が驚きの目を真之介に向ける。

「なるほどな。読めたぞ」

真之介は小間物屋の場所を聞き、益吉と共に、向かった。

恐らく、博打で作った借金を、瑞恵の父親に出させるために一芝居打ったのだと思われた。借金の額は、多くても四十両ほどだろう。五十両が身代金のはずだった。

しかし、その背後にいるやくざ者が、一枚上手《うわて》というか、欲に駆《か》られて、二百両上乗せしたのだろう。

だから二百五十両などという、なんとも中途半端な身代金となったのだ。


「ああ、いいっ、いいっ……ああ、魔羅いいのっ」

瑞恵のよがり泣きが、船小屋に響き渡っている。

「おう、そんなに締めるな、瑞恵……また、出しそうだぜ」

立ったまま、瑞恵を突いている剛蔵がうなり声をあげる。

「ああ、出してっ……ああ、瑞恵にくださいっ」

剛蔵も伊助もすでに一発ずつ、瑞恵の女陰にぶちまけていた。

瑞恵は予想以上に、安吉の手によって開発されていた。見た目は可憐《かれん》な大店のお嬢様だったが、躰は大年増のように熟していた。

「紗季様に出すんだよっ」

そう言って、剛蔵が瑞恵の女陰から魔羅を抜こうとする。すると、いやっ、と瑞恵が強烈に締めてくる。

おうっ、と吠えて剛蔵が腰を震わせた。どくどくっ、と二発めも、瑞恵の女陰にぶちまける。

「ああ……縛られたままなんて、もういやです……瑞恵を後ろ取り（後背位）で……泣かせてくださいませ」

二発放った剛蔵の魔羅を、きゅきゅっと締めながら、瑞恵がそう言う。

「後ろ取りかい。それはいいな」

と剛蔵が紗季を突いている伊助を見やる。いいですねえ、と伊助もうなずく。

剛蔵も伊助も大店のお嬢様の淫乱ぶりに、すっかり煽《あお》られてしまっていた。伊助が紗季から魔羅を抜き、瑞恵の背後にまわる。

「妙な真似《まね》をしたら、ただじゃおかないぜ、瑞恵」

魔羅を引き抜きながら、剛蔵がそう言う。

「ああ……後ろ取りで……ああ、入れてください」

瑞恵の妖しく濡れた瞳は、女陰から出てきた魔羅にからんでいる。他のことなどうでもいい、といった表情だ。

伊助が後ろ手の縄を解いた。ほらっ、四つん這《ば》いだっ、と伊助がぱしっと瑞恵の尻たぼを張る。

するとあんっと甘い声をあげて、瑞恵は船小屋の板間に両手をついていく。

ぷりっと張った双臀《そうでん》が、男たちに向かって差し上げられる。

「……瑞恵さん……」

紗季は呆然と見つめている。

紗季が躰を張って、瑞恵をやくざ者の毒牙《どくが》から守るつもりであった。が、実際は、瑞恵がやくざ者から紗季を守っているような状態となっていた。

「ああ、はやく入れてください、剛蔵様」

鼻にかかった声でそう言いながら、瑞恵が差し上げた双臀をぷりぷりうねらせた。

「なんて尻だいっ」

と剛蔵が突っ込もうとしたが、鋼《はがね》の力まではまだ取り戻していなかった。

「伊助、おまえが泣かせてやれ」

「いいんですかい、兄貴」

伊助の魔羅は、紗季の蜜で絖っていた。その先端を、瑞恵の尻の狭間に入れていく。

「ああ、はやく……ください」

瑞恵は全身で、魔羅をねだっている。

それはとても演技には見えなかった。本気で、やくざ者の魔羅を欲しがっているようにしか、紗季にも見えなかった。

「これでどうだいっ、瑞恵っ」

と伊助が尻たぼに指を食い込ませ、ぐぐっと背後より突き刺していく。

「ああっ、いいっ」

瑞恵がぐぐっと背中を反らせ、肉悦の声をあげる。

剛蔵が前に立ち、乱れている瑞恵の髷《まげ》を摑む。すると瑞恵のほうから、七分勃ちの魔羅にしゃぶりついていった。

「うんっ、うっんっ……ううんっ」

悩ましい吐息を洩らしつつ、頰を窪ませ吸っていく。

「ああ、兄貴が口も塞《ふさ》いだら、ますます女陰の締まりが良くなりましたぜっ。ああ、たまらないぜっ」

出るぜっ、と吠え、伊助が瑞恵の女陰に背後より放った。

「うっ、うう……」

瑞恵は剛蔵の魔羅を強く吸いつつ、うめいた。

伊助が瑞恵の尻から魔羅を抜く。どろり、と板間に精汁が垂《た》れ落ちていく。

剛蔵が瑞恵の唇から魔羅を抜いた。見事な反り返りを見せている。さすが兄貴だ、と伊助が誉《ほ》める。

剛蔵はぐいっと瑞恵の唾まみれの魔羅をひとしごきすると、背後にまわった。

瑞恵は両手両足自由であった。二本の脇差は板間の隅《すみ》に無造作に置かれている。

「ああ、もっと泣かせてくださいっ」

と瑞恵は汗ばんだ四つん這いの裸体をくねらせ、全身であらたな魔羅をねだっている。剛蔵が尻たぼを摑み、入れようとすると、

「ああ、私も……後ろ取りで……」

と紗季が言った。

「私だけ、放って置かれるなんて……ああ、いやです……私も……ああ、瑞恵さんみたいに……ああ、牝犬《めすいぬ》のように……責められたくなりました」

「牝犬かい、それはいい」

剛蔵自らが紗季の背後にまわり、縄を解きはじめる。

「妙な真似をするなよ」

「ああ、私も魔羅が欲しいだけです」

後ろ手の縄が解かれ、紗季も自由となった。剛蔵と伊助が窺《うかが》うように、紗季を見つめる。

一瞬緊張が走った。そんな中、紗季は瑞恵の隣に両手をつくと、官能美あふれる双臀を、やくざ者たちに向けてぐっと差し上げた。

二つの魅惑の尻が並び、魔羅をください、とうねっている。

「これはいい」

剛蔵の魔羅がひくつき、出したばかりの伊助の魔羅があらたな力を帯びはじめた。

五

八つ半過ぎ（午前三時頃）、小間物屋に優男《やさ》が姿を見せた。

「安吉だな」

と真之介が声を掛ける。

月明かりに浮かんだ、小銀杏《こいちょう》に結《ゆ》った髷と黒羽織姿の真之介を目にして、安吉はひいっと声をあげた。

申し訳ございませんっ、と自宅の木戸の前で、土下座をする。

「おまえが笹野屋の娘を攫ったのだな」

「ああっ、博打で拵《こしら》えた借金をちゃらにするために、一芝居打ったのですっ」

「やはりそうか」

真之介は満足気にうなずくと、瑞恵のところに案内せいっ、と言った。

剛蔵がずぶりと、紗季を後ろ取りで突き刺してきた。

「ああっ……」

一撃で、歓喜の火花が紗季の脳天で散っていた。

「おう、いい具合に締めてくるじゃないか、紗季様」

剛蔵が嬉々《きき》とした顔で、ずぶずぶと背後よりえぐってくる。

「ああ、ああっ……ああっ……」

ひと突きごとに、よがり泣きが紗季の唇から噴き出す。

どうして、こんなに感じるのかわからない。紗季も剛蔵たち同様、瑞恵の淫乱ぶりに煽られてしまっている気がした。

「いい、いいっ……」

隣では、瑞恵が激しく頭を振って、よがり泣き続けている。伊助がぐいぐい突いている。

紗季の瞳に、板間に置かれている脇差が映っている。はやくあれを奪って、反撃しなければ。

でも躰が動かない。両腕両足とも自由なのに、とろけてしまって、素早い動きが出来そうにない。

「ああ、魔羅が……ああ、魔羅がとろけそうだっ」

ああ出るっ、と剛蔵が吠え、紗季の女陰に精汁をぶちまけてきた。と同時に、伊助も腰を震わせる。

おうっ、と吠えつつ、剛蔵と伊助は三発めを放った。

伊助が魔羅を抜こうとすると、まだだめ、と瑞恵が掲《かか》げた双臀をうねらせる。

「ああ、そんなに締めるな」

と伊助ががくがくと両足を震わせる。

紗季も思わず、まだだめです、と言って、抜こうとする剛蔵の魔羅を、意識して女陰で締めていった。

「ああっ、こ、これはなんだっ」

剛蔵も抜くに抜けず、萎《な》える間もなく、力を取り戻していく。

「突いて……さあ、突いてください」

と瑞恵が言う。紗季も、突いてください、とおねだりしていた。

演技などではなかった。心より、もっと後ろ取りで突いて欲しかったのだ。

「おう、突いてやるぞっ。ふぐりが空になるまで、おまえたちの女陰に掛けてやるぞっ」

そう言うと、剛蔵があらためて後ろ取りでえぐりはじめた。伊助も瑞恵の女陰を突きはじめる。

「あっ、ああっ……」

「いい、いいっ……」

紗季のよがり泣きと瑞恵のよがり泣きが船小屋の外まで響き渡る。

船小屋の戸が開いた。

皆がはっと見ると、黒羽織姿の真之介が正眼《せいがん》に構えていた。

「南町奉行所であるっ。神妙にいたせっ」

そう言うなり、真之介が後ろ取りで繋がったままの剛蔵に向かって来た。

そして、たあっ、と勢いよく太刀の峰を振り下ろしていった。

剛蔵は紗季に魔羅を突っ込んだまま、額で峰を受けた。

ぐえっ、とうめき、背後に倒れていく。どうにか瑞恵の女陰から魔羅を抜いた伊助は逃げようとした。が、三発も出して、足がふらついていた。

すぐさま背後より、真之介が伊助の肩に峰を振り下ろした。

ぐえっ、と伊助は顔面から板間に倒れ込んでいった。

「お見事ですっ、真之介様」

と紗季が言った。その声はとても甘くかすれていた。

「紗季どの……稽古が役に立ちました」

真之介は四つん這いのまま、はあっ、と熱いため息を洩らしている紗季の汗まみれの裸体を、じっと見下ろしていた。

嗚咽《おえつ》の白肌

一

お昼時――定町廻り同心の並木真之介は汁粉《しるこ》屋の二階の個室にいた。

向かいには小坂志穂が座っている。幼馴染《おさななじ》みであり、真之介の最初の女であった。

昼に蕎麦《そば》でも食べようと暖簾《のれん》をくぐろうとした時、真之介様、と志穂に声を掛けられたのだ。

志穂は風呂敷《ふろしき》に包んだお重を持っていた。真之介のために拵《こしら》えたという。蕎麦屋でお重を開けるわけにはいかず、かといって、他に適当な場所も思い浮かばず、知り合いの汁粉屋の二階に上がったのである。

「さあ、どうぞ」

と志穂がお重の蓋《ふた》を開く。

「ほう、これは」

おにぎり、煮物、卵焼き、と豪華な食べ物が並んでいる。

「みんな、志穂どのが作ったのですか」

「はい、そうです」

志穂は俯《うつむ》き加減でうなずく。頬《ほお》がほんのりと赤く染まっている。

蕎麦屋の前で声を掛けられてからずっと、志穂は真之介と目を合わせようとしなかった。

大川沿いの料理屋の離れで躰《からだ》を重ね合ってから十日ほどが過ぎていた。あの夜以来、顔を合わせていなかった。

「失礼します」

と小女《こおんな》の声がして、襖《ふすま》が開けられた。

「お汁粉お持ち……しました……」

豪華な食べ物を目にして、小女が目を丸くさせる。

「すいませんね」

と志穂が言う。お盆ごと、汁粉を脇に置き、失礼します、と小女が出て行った。

「では、頂《いただ》きます」

と真之介は卵焼きに箸《はし》を伸ばした。卵焼きは大好物であった。

「いかがですか」

とはじめて、志穂が真之介を見つめてきた。

「いやあ、これはうまいです、志穂どの」

「そうですか。良かった」

志穂は心からうれしそうな表情を浮かべた。

どうしても、あの夜のことが思い出される。はじめての口吸い。やわらかな志穂の唇。甘い唾《つば》の味。しっとりと手のひらに吸い付いてくるような肌。ぷりっと張った乳房の揉み心地《ごこち》。指にからみつく肉の襞《ひだ》の感触。そして、ねっとりと真之介の魔羅《まら》を包んできた熱い女陰《ほと》。

はじめて知った女の躰は、魔羅がとろけそうだった。

煮物が喉《のど》を通らなくなる。

「お口に合いませんか」

と志穂が案じるような目を向けてくる。

「いいえ、そういうわけではありません……」

志穂との初体験を思い出し、胸がいっぱいになっているなどとは言えない。真之介は無理矢理煮物を呑み込んだが、途端《とたん》に咽《む》せて咳《せ》き込んでしまった。

「大丈夫ですか、真之介様」

と志穂が真之介のそばににじり寄ってきた。咳き込む顔をのぞきこみつつ、背中をさすってくる。

真之介は膝に置かれた志穂の左手を摑《つか》んでいた。考えてやった行動ではない。勝手に手がそう動いていたのだ。

そのまま引き寄せると、志穂が真之介の胸元に倒れ込んできた。

うなじが迫る。ほつれ毛が数本からんでいるうなじを見ていると、真之介はたまらなく、志穂の唇を吸いたくなった。

「志穂どの……」

はい、と志穂が美貌を上向かせた。品のいい唇が目の前にあった。

真之介はあごを摘《つま》むと、顔を寄せていった。志穂の長い睫毛《まつげ》が伏せられる。

志穂の唇はあの夜のままだった。舌先で啄《ついば》むと、ゆっくりと開かれる。すかさず、真之介は舌を忍ばせていった。

すると、志穂のほうからも舌をからめ返してきた。緊張のせいか、真之介の腕をぎゅっと摑んでくる。

舌と舌をからめる感触に、真之介の躰はかぁっと燃え上がる。

燃え上がった勢いで、小袖の上より志穂の胸元に触れていた。志穂がぴくっと躰を震わせ、あっ、と舌を引いていった。

「申し訳ありません」

と真之介はあわてて胸元より手を引いていった。すると、志穂は頰を赤らめたまま真之介の手をとり、身八《みや》つ口《くち》へと導いていく。

「志穂どの……」

よろしいのですか、と野暮なことを尋《たず》ねようとしたが、ぎりぎりでやめて、身八つ口へと右手を忍ばせていった。

「あっ……」

いけません、と志穂が強く真之介の腕を押し返した。

誘ったのは志穂であったが、急に恥じらいを見せていた。ここは汁粉屋なのだ。自重しなければ、と真之介は身八つ口より手を引こうとした。

すると、どうしてですか、というような目で、志穂が真之介を見つめてきた。

おなごの気持ちというのは、よくわからない。身八つ口より手を忍ばせ、乳を触って欲しいのか、欲しくないのか、どちらなのだ。

俺はどっちなのだ。揉みたいのか、揉みたくないのか。

もちろん揉みたい。

志穂は真之介の隣に膝をついたまま、変わらぬ表情でじっとしている。

揉んで欲しくないのなら、真之介から離れるはずだ。真之介はあらためて、身八つ口に手を入れようとした。

すると、あっ、と声をあげ、再び、志穂は真之介の手を制してくる。けれど力はこもっていなかった。

真之介はそのまま中へと手を入れていった。するとやわらかなふくらみに手が触れた。

ああ、乳だ。志穂どのの乳だ。

手を広げ、真横より、豊かに実ったふくらみを摑んでいく。

「あっ……いけません……真之介様」

そう言って、志穂がさらに強く真之介の腕を握《にぎ》ってくる。

が、今度は、手を引いたりしなかった。

いけません、真之介様、と言った志穂の声が、なんとも甘くかすれていたからだ。

志穂の乳房はぷりっと張っている。どこまでもやわらかい、年増《としま》のお夕の乳房とは揉み心地が違っていた。

真之介は指先を伸ばし、志穂の乳首を突いた。

志穂の上体がぴくんっと動いた。さらに突いていると、乳輪に埋まっていた蕾《つぼみ》が、ぷくっと頭をもたげはじめた。

「ああ、このようなところで……ああ、いけません、真之介様……まだ、日も明るいです」

「そうですね」

料理屋の離れ。汁粉屋の二階の個室。

いずれも、こういうことをするためにあるのだと真之介は身を以《も》って知った。

「ああ、もうだめ……」

と志穂が真之介の胸元にしなだれかかってきた。小袖の裾《すそ》が乱れ、白い太腿《ふともも》があらわれた。

その白さはあまりにも目の毒であった。

「志穂どの……」

真之介は志穂の太腿に手を伸ばしていた。すると、しっとりと柔肌が手に吸い付いてくる。

真之介は志穂の太腿から手を離せなくなっていた。付け根に向かって触手を上げつつ、あらためて志穂の唇を吸っていた。

故意か偶然か、志穂の手が真之介の股間《こかん》に触れた。

あっ、と志穂が声をあげ、

「おつらいのでしょう」

と言った。

「え、ええ、まあ……」

魔羅は下帯を突き破らんばかりに勃起していたが、定町廻りのお勤めの途中で、志穂とまぐわうつもりはなかった。

「あの……私が……楽に……して差し上げます」

そう言うと、志穂が真之介の着物の裾をたくしあげ、下帯に手を掛けてきた。

「な、なにをなさるのです、志穂どの……」

おやめください、とは言えなかった。その間に、志穂の手で下帯を脱がされてしまう。

真っ昼間の汁粉屋の二階で、真之介は魔羅をあらわにさせてしまった。しかも、見事に反《そ》り返り、先端からは先走りの汁までにじませていた。

「ああ、たくましいです、真之介様」

そう言うと、志穂が羞恥《しゅうち》に染まっている美貌を、真之介の股間に寄せてきた。

「し、志穂どの……」

ちゅっと先端にくちづけられただけで、真之介は下半身を震わせる。

過日の料理屋の離れでの、はじめてのまぐわいの時は、志穂は魔羅を摑んだだけだった。

桃色の舌が鎌首《かまくび》を這《は》う。白い汁が舐め取られるが、すぐにあらたな汁が鈴口《すずぐち》からにじみ出してくる。

それをまた、志穂がていねいに舐め取っていく。桃色の舌が真之介の我慢汁で白く汚れるのを見ると、股間がかぁっと燃える。

「きりがありませんから、ここまでで……志穂どの」

汁粉屋の二階で、魔羅の先端を舐めてもらえただけで、真之介は充分であった。充分幸せであった。

志穂はちらりと真之介を見上げるなり、小さな唇を精一杯開き、野太い鎌首を咥《くわ》えてきた。

「あっ、志穂どのっ、そのようなこと……ああ、なさっては……ああ、なりません」

志穂の唇の中に鎌首が吞み込まれ、反り返った胴体も、唇の中に吸い込まれていく。

幼馴染みの志穂どのが、結婚もしていないというのに、私の魔羅を……ここまで咥えてくださるとは……あ、ああっ、なんて気持ち良いのだっ。

志穂の尺八は、お夕の尺八とは違い、拙《つたな》かった。お夕はねっとりと舌をからめつつ、吸い上げてきたが、志穂はただ咥えているだけだった。

けれど、それで充分だった。志穂どのが魔羅を咥えているというだけで、真之介の魔羅はぴくぴくしていた。

このままお夕のようにねっとりと吸われたら、即、暴発してしまうだろう。

志穂が半ばまで咥え、どうですか、と窺《うかが》うような目を向けてきた。

その目は、志穂にしては妖《あや》しげで、女を感じた真之介の魔羅が、志穂の口の中でさらにぐぐっと太くなる。

「う、うう……」

志穂がつらそうに眉間に縦皺《たてじわ》を刻《きざ》ませる。が、吐き出すような真似はしない。咥えたまま、胴体に沿って唇を上下させていく。

「あ、ああ……志穂どの……もう、おやめ……ああ、ください……ああ、口に出してしまいます……」

志穂どのの口に出してはならぬ、と真之介は腰を引こうとするが、志穂が腰をがっちりと押さえ、美貌の上下を激しくさせてくる。

「うんっ、うっんっ……うんっ……」

「ああ、志穂どのっ……」

出ますっ、と声をあげると同時に、真之介は射精した。

どくっ、どくどくっと勢いよく精汁が噴《ふ》き出し、志穂の喉を叩いていく。

「うぐ……うう……」

志穂は咽せつつも、美貌を引くことなく、しっかりと喉で受け止めていく。

一度出してしまうと、もう止められない。志穂どの申し訳ない、と心の中で謝りつつ、真之介は射精を続けた。

ようやく治まると、志穂が美貌を上げた。真之介は懐紙を取り出し、志穂に渡そうとした。

が、志穂が俯き加減に、ごくりと喉を上下させるのが見えた。

「の、飲まれたの、ですか……志穂どの」

志穂はこくんとうなずいた。

「志穂どの……なんてことを……ああ、申し訳ありません」

「美味でした……」

そう言うと、志穂がねっとりと潤《うる》んだ瞳を寄越《よこ》してきた。お夕を思わせる色香に、真之介は魔羅をひくつかせた。

二

越前鯖江藩《えちぜんさばえはん》、江戸藩邸剣術指南役の蜂矢忠則《はちやただのり》は両国界隈《かいわい》を歩いていた。小春《こはる》と小春を助けた武家女を見つけて連れて来るように、との若様の命であった。武家女は懐剣で、若様に斬りつけ、左腕に浅い傷を負わせていた。斬られた若様は怒るどころか、あのおなごに会いたい、あのおなごに尻から突っ込みたい、とそればかり口にしていた。

忠則は昨年、江戸での剣術指南役として越前より呼ばれた。新たな志を立てて、意気揚々《いきようよう》と江戸に向かったが、待っていたのは、若様である間部彬成《まなべあきなり》のお守《もり》であった。

彬成は二十歳になったばかり。殿の嫡男《ちゃくなん》である。忠則は彬成の剣術指南役を殿より命じられた。

彬成は勉学は優れていたが、剣術のほうはさっぱりであった。が、殿より二十歳の祝いに名刀を頂いたのを機に、剣術にも励みたい、と言い出したのだ。若様の気まぐれである。

それで越前より、忠則が呼ばれたというわけだ。

若様は稽古熱心だった。が、筋はあまり良くなかった。勉学だけに励まれたほうが、藩のためにもなると思った。

ある時、浅草寺《せんそうじ》にお参りした折り、

「この裏手に、奥山《おくやま》という面白いところがあると聞いたのだが」

と若様がそう言った。

「はい。ございます」

「一度、行ってみたいと思っていたのだ。付き合え、忠則」

そう言うと、若様がさっさと浅草寺の裏手に向かって歩きはじめた。その時、忠則の他に二人の家臣が付いていた。

奥山には見世物小屋が多く並んでいた。いかがわしいものが多く、なかでも、さらに奥深くに離れた一つに、若様が入っていった。

それが間違いのはじまりであった。

その小屋の見世物は珍獣などではなく、娘、であった。

破落戸《ごろつき》のような身なりをした二人の男が、舞台から客席を見回し、娘を見つけるなり、舞台から下りて、娘の腕を摑み、舞台に引きずりあげていった。

その間、娘は、いやっ、助けてっ、と叫び続けたが、客の誰も助けようとはしなかった。それがやらせだとわかっているからだ。わかっていても、なかなか真に迫った演技で、客たちは息を吞んで見つめていた。

舞台に引きずりあげられた娘は、二人の男たちの手によって小袖を脱がされ、肌襦《はだじゅ》袢《ばん》を剝《は》ぎ取られ、そして腰巻きも脱がされた。

娘はなかなかそそる躰をしていた。逃げようとするたびに、たわわな乳房が大きく揺れた。

男たちは娘を後ろ手に縛りあげ、そして、舞台の床にお尻を掲《かか》げる形に這《は》わせた。

ぱしっぱしっ、と尻たぼを張るたび、娘が、助けてくださいっ、と叫んだ。

娘の肌は白く、瞬《また》く間に手形が浮かんでいった。それは痛々しくも、なんともそそるものだった。

男たちは魔羅を出すと、交互に突っ込みはじめた。そして一人の男が蜜まみれの魔羅で、娘の口を塞《ふさ》いでいった。

さんざん犯した後、男たちは刀で後ろ手縛りの娘を袈裟《けさ》斬りで斬った。鎖骨から乳房に掛けて、真っ赤な血が浮かび上がり、客席がざわついた。娘が倒れるなり、幕が下りた。見世物とは思えない迫力であった。

忠則は奥山に立ち寄ったことを後悔しつつ、その場を去ったが、以来、若様はその話ばかりするようになった。

止めるのも聞かず、また見たい、と若様は奥山に足を向けたが、別の見世物に変わっていた。余りに残酷な内容ゆえ町方の手入れが入ったらしい。

これがいけなかった。もう一度見れば、若様の気も済んだかもしれなかったのだ。安心した忠則の気持ちなど考えるはずもない。若様の欲求はますます募《つの》った。

そして、言い出したのだ。

「わしも、人を斬ってみたい」

と。

「わしも、裸の娘を捕まえて、尻より入れてみたい」

と。

もちろん、忠則は本気で止めた。が、止めれば止めるほど、若様はやりたがった。

「国に帰るか、忠則。一生、無役《むやく》のままだぞ」

殿に仕《つか》える武士として、無役はなによりつらい。

若様にお仕えすることが、武士としての俺の務めなのだ、と無理矢理《むりやり》に言い聞かせ、四月《よつき》ほど前、岡場所より女郎を五人調達し、下屋敷の庭に裸で放した。

若様は大層喜ばれて、竹刀を振りつつ、裸の娘たちを追い回し、尻を竹刀でぶつと、その場で犯した。

それで満足されることを願ったが、

「忠則、そろそろ、父上から頂いた名刀の切れ味を試してみたいな」

と言われ、忠則は覚悟を決めた。

そして三月《みつき》半ほど前、夜中、若様と二人だけで下屋敷を出て、獲物を見つけるために神田川沿いを歩いたのだ。

そこで真崎秀次郎と会ったのだ。

「あの男を斬ろう」

と若様が言った。

「かなりの遣い手のように見受けられます」

「そうか。なおさら良いではないか。わしの腕の見せ所であるな」

「しかし、あの御方は……」

「わしには斬れぬというのか、忠則」

二本差しの男は酔っているようであった。が、それでも隙《すき》のない歩き方は、かなりの遣い手だと思われた。

わかるのだ。腕に覚えがある者同士。しかし、剣客としては未熟な若様にはわからないのだ。

「行くぞ、忠則」

と若様は殿から頂いた名刀を抜き、真崎秀次郎の前に立ちはだかった。

真崎は若様の構えを見て、すぐに腕を見破ったのか、腰の柄《つか》に手を掛けたものの、抜いたりしなかった。

「抜けっ」

正眼《せいがん》に構えて、若様がそう言う。

が、真崎は抜こうとはしなかった。

「私は御家人の真崎秀次郎と申す者。人違いではござらんのか」

「御家人か、面白い。さあ、抜けっ」

若様の切っ先は震えていた。

「私には刀を抜く理由がござらん」

抜き身を前にしても、真崎は堂々としていた。

「おのれっ、わしを馬鹿にしよってっ」

と若様は斬りかかっていった。

「若様っ……」

真崎は素早く体を躱《かわ》し、若様の腕を摑んでいった。

「忠則っ、なにをしておるっ。無役になっても良いのかっ」

無役という言葉が、忠則に刀を抜かせた。

御免っ、と言うなり、肩口より袈裟懸《が》けで斬っていった。

「お、おのれっ、なにゆえにっ」

よろめきながら、真崎が刀を抜こうとする。そこに、若様が斬りつけていった。

とどめを刺された真崎が倒れていった。

神田川に投げ込もうかと思ったが、人の気配を感じて、すぐにその場を離れた。

若様と二人だけの秘密にしておこうと思ったが、忠則は翌日、江戸留守居役の菅沼《すがぬま》徳三郎《とくさぶろう》に詳細を話していた。

自分の胸の内だけに、収めておくことが出来なかったのだ。

「よくぞ、話してくださった。後は私にお任せくだされ」

と菅沼はうなずいてみせた。

江戸留守居役は江戸詰めの藩士がなにか事を起こした時に、内々に済ませるように
と、日頃から町方には付け届けをやっている。

それが功《こう》を奏《そう》したかどうか、実際、神田川そばの路上での事は、辻斬りの所業であろう、ということで探索は早々に終了となった。

こうして、真崎秀次郎の死は不問に付され、話題にすらされなかった。

そして殿の名刀を使っての人斬りの快感が忘れられない間部彬成は、忠則を従えて今度は浪人を斬ったのだった。

忠則はすぐに菅沼に話をして、もう一度、事を収めるように頼んでいた。

三

日暮れが近くなると、小春は店を出て、暖簾を掛けた。両国の居酒屋お三津《みつ》という。

仕事帰り、見知らぬ男たちに路上で攫《さら》われ、どこかの屋敷の庭に裸で放され、そこ

から裸のまま逃げ出してから、十日ほどが過ぎていた。

また仕事帰りに攫われるのではないか、という恐怖で、小春はしばらく店を休んでいた。けれど、大工の父親が腕を怪我《けが》して仕事に出られず、小春の稼ぎだけが頼りのため、そうそう休んでもいられず、おとといから、店に出ていた。

「小春さん」

と声を掛けられ振り向くと、小春を助けてくれた武家女が立っていた。

「ああ、紗季様っ」

小春は笑顔を見せ、紗季に近寄った。思わず、抱きついてしまう。

「いつから店に出ているのかしら。ひとまわり前、様子を見に来た時には、小春さん、休みだって言われたの」

「おとといからです。ああ、紗季様にお会い出来て、なんだか、ほっとしました」

なぜだか、小春の瞳から涙があふれていた。

「どうしたの、小春さん」

と紗季が白くて細い指で、頰に流れた涙を拭《ぬぐ》ってくれた。

「紗季様から貸していただいた小袖、お返しします」

そう言うと、小春は居酒屋へと入った。

女主人のお三津に、紗季様です、と紹介して、奥に小袖を取りに行く。

あの夜、紗季に助けてもらわなかったら、あの二人に斬られていたかもしれない。

紗季は小春にとって、命の恩人であった。

名前と働いている居酒屋を、別れ際に教えていた。だから、いつか、紗季が小袖を取りに店に顔を見せるのでは、と思っていた。

「元気そうで、安心しました」

小袖を渡すと、紗季が笑顔を見せた。とても綺麗で、とても上品なお武家の娘だと小春は思った。


あの武家女が店から出てきた。

蜂矢忠則は武家女の後を尾《つ》けはじめた。

お三津、という暖簾が掛かった居酒屋の前で、あの夜攫った娘の小春が頭を下げている。どうやら、この店で働いているようだ。また、仕事帰りに攫えばよい。問題は、武家女のほうであった。

若様は攫って来い、と命じられているが、武家女は簡単には攫うことなど出来ない。まずは素性《すじょう》を調べないと、と思っていた。

だから、忠則は両国で見つけた武家女を尾けていた。

懐剣で若様に斬りつけた腕はなかなかのものであった。只者ではない気がする。

出来れば武家の女など攫いたくはない。が、若様はいたくあの武家女を気に入っていた。

確かに、腰巻き一枚で懐剣を手にした姿は、惚《ほ》れ惚《ぼ》れとするものであった。

今でも、とても鮮烈に、忠則の脳裏に浮かんでくる。また、あの恥態《ちたい》を見てみたいと思う。

足を運ぶたびにちらりとのぞく、白いふくらはぎを目にしているだけでも、ぞくぞくしてくる。

武家女は番町へと入っていった。この辺りは旗本の屋敷が並ぶところである。

あの武家女は旗本の姫か。それはまずい。旗本の姫を攫って、犯すなど、いくら若様でもゆるされることではない。

忠則は苦虫《にがむし》を噛《か》み潰《つぶ》したような表情で、とある旗本屋敷に入っていく武家女を見送っていた。

四

神田の料理屋で働く芳恵《よしえ》は仕事を終えると、夜道を歩いていた。すでに四つ（午後十時頃）をまわっている。

この刻限《こくげん》になると、めっきり人通りが無くなる。夜道は怖かったが、仕方がない。辻から男が姿を見せた。影しかわからなかったが、近寄ってくると、芳恵はひいっと息を呑んだ。

男が黒頭巾《くろずきん》を被《かぶ》っていたからだ。

身の危険を感じた芳恵は身を翻《ひるがえ》した。

背後からも黒頭巾の男が迫っていた。いやっ、と声をあげたが、口を押さえられて、うめき声にしかならなかった。

男の握り拳が、芳恵のお腹にめりこんできた。

「うう……」

芳恵は膝《ひざ》から崩れていった。

目を覚ますと、月が見えた。

「目覚《さ》めたようだな」

男の声がして、芳恵は躰を起こそうとした。両腕を後ろ手に縛られていることに気付いた。それだけではない、口には猿轡《さるぐつわ》を噛《か》まされていた。

男は着流しだったが、芳恵から見ても高価な着物だとわかった。

男は腰に太刀を差していた。それをすらりと抜いた。

「ううっ、ううっ……」

芳恵は、おゆるしくださいっ、と叫んでいた。太刀の切っ先が迫ってくる。

いやっ、とどうにか立ち上がり、芳恵は走りはじめた。

そこでやっとここが、見知らぬ屋敷の庭であることに気付いた。

そして、もう一人、男がいた。こちらは着流しではなく、きちんと袴を付けていた。苦悩の表情を浮かべている。

太刀を持った着流しの男が迫ってきた。しゅっと刀を振ってくる。

いやっ……芳恵は叫ぶが、猿轡に吸収されてしまう。

帯を背後より切られていた。帯が落ちて、小袖の前がはだけた。

芳恵は足をもつれさせながら、着流しの男から逃げた。

すると白いものが、芳恵の視界に入ってきた。もう一人、女がいた。その女は素っ裸だった。芳恵と同じように、背中にねじあげられた両腕を縛られ、猿轡を嚙まされていた。

大きな木の根元にしゃがみこんでいる。

涙で濡らした大きな目で、こちらを見ていた。その目がさらに大きく見開かれたと思った刹那《せつな》、小袖を背後より切られた。

ひいっ、と叫び、芳恵は逃げようとしたが、足をもつれさせて、倒れていった。

「立て、女」

着流しの男ににらみつけられ、芳恵は立ち上がろうとする。が、恐怖で足ががたがたと震え、後ろ手に縛られていることもあって、うまく立ち上がれない。

「忠則っ、立たせるのじゃ」

と着流しの男が叫んだ。

あらためて見回すと、庭はかなり広大だった。武家屋敷のように感じた。私はお武家様に攫われたのか……どうして、お武家様が……私のような町娘を……。

忠則と呼ばれた袴の男が走り寄ってきた。そして、芳恵の腕の付け根に手を入れて、ぐぐっと引き上げていった。

「若様、どうぞ」

と忠則が言う。すると若様と呼ばれた着流しの男が小袖を剝き下げ、そして太刀の切っ先で肌襦袢の腰紐《こしひも》を切った。

あっ、と思った時には、肌襦袢がはだけ、芳恵の乳房があらわとなった。

「ほう、これはなかなかのものだな」

と若様の目が光った。

芳恵は十八の娘である。とても愛らしい顔立ちをしていて、女中として働いている料理屋でも客の受けが良かった。

しかも、芳恵はかなりの巨乳であった。小袖姿ではよくわからないが、こうして着ているものを剝ぐと、その豊満なふくらみに圧倒された。

さっそく若様が手を伸ばし、芳恵の乳房を鷲摑《わし》みにしてきた。こねるように揉みしだいてくる。

「うう、うう……」

芳恵は逃れようと躰をよじらせるが、背後よりがっちりと押さえられていて、逃げることは出来ずにいる。

「気に入ったぞ。大声を出さないと約束するなら、猿轡を取ってもよいぞ、女」

と若様が聞く。芳恵はこくんとうなずいた。

「大声を出したら、すぐおまえを斬るぞ」

芳恵は、絶対出しません、とかぶりを振る。よし、と若様が切っ先を芳恵の顔に向けてくる。生きた心地がしない。わずかでも切っ先がずれたら、顔に傷を付けられてしまう。

「動くなよ」

そう言うと、若様は猿轡の縄を切った。芳恵は口の中に押し込まれていた布を吐く。ねっとりと唾が糸を引いた。

するとその唾を、顔を寄せた若様が啜《すす》ってきた。啜りながら、芳恵の唇を塞いできた。

舌がぬらりと入ってきた。嚙むではないぞ、と忠則の声がしたが、嚙むなんて考えられなかった。錯乱した若様に斬られるだけだ。

ああ、惣吉《そうきち》……あの時、惣吉に処女をあげておけばよかった……ああ、惣吉、助けてっ。

芳恵には思い人がいた。同じ料理屋で働く板前である。口吸いは何度も交わしていて、この大きな乳も触らせていた。

でもまぐわいだけは拒《こば》んでいた。やってしまったら、すぐに飽きられて捨てられてしまうのでは、と案じていたからだ。

若様が腰巻きを剥いだ。下腹の陰りを撫《な》でてくる。

「ああ、おねがいです……それだけは、どうか、おゆるしくださいませ」

芳恵は涙をにじませた瞳で、すがるように若様を見た。若様と呼ばれるだけあって、とても育ちのいい容貌をしていた。

「おまえ、生娘《きむすめ》なのか」

はい、と芳恵はうなずく。

「そうか。わしがはじめての男となるのだな。喜べっ」

若様が着物を脱いでいった。下帯も取ると、芳恵の恥部を狙って鎌首が頭をもたげてくる。

「いやっ」

芳恵は忠則の腕から逃れ、肌襦袢一枚で走り出した。

「誰かっ、お助けくださいっ」

大声で叫ぶものの、月夜に吸い込まれていくだけだ。

「大声を出したら、斬ると言ったぞ、女」

魔羅を揺らしながら、若様が迫ってくる。

「おゆるしください、どうか、おゆるしくださいっ」

足がもつれ、池のそばで倒れてしまう。

若様が芳恵の足元に立った。

「斬られたくなかったら、しゃぶれ」

乱れた髷《まげ》を摑まれ、ぐぐっと引き起こされ、魔羅の先端で頰を叩かれた。

「ああ、どうか斬らないでくださいませ」

そう言うと、芳恵は若様の魔羅にしゃぶりついていった。

尺八の経験はあった。惣吉に請《こ》われ、何度かしゃぶっていた。反り返った胴体の半ばまで咥えると、咽いだ。

「ううっ……」

苦しくなり、愛らしい顔を魔羅より引く。

「わしの魔羅はまずいか、女」

「いいえっ、そのようなことは、ありませんっ」

「では、もっとうれしそうにしゃぶるのだ」

「はい……」

芳恵はあらためて鎌首を咥えていく。

「なかなかいい女を攫ってきたな、忠則」

「ありがとうございます」

「やはり、女は攫ってくるに限るな。岡場所より何人連れてきても、ちっとも面白くない」

「そうでございますね、若様」

芳恵は震えながらも、懸命に若様の魔羅を吸っていく。とにかく、今は、若様のご機嫌を取ることだと思った。

五

小春と武家女はまだ見つかっていない、と彬成にうそをつき、忠則は家臣を二人引き連れ、娘を攫いに夜の江戸を歩き続けた。

これまでは、岡場所で女を調達していたが、彬成が言う通り、金で買った女はめんどうなことにはならないぶん、庭で放しても本気で逃げたりしないから、何度か繰り返すと、つまらなくなっていった。

それで、この前、はじめて小春を攫ってきたのだ。忠則の不手際で、下屋敷から逃がしてしまい、武家女と遭遇することになるのだが、彬成は武家女に傷つけられても大層お喜びになられた。

「立てえっ」

と彬成が命じる。芳恵が立ち上がると、彬成が肌襦袢を引き剝いだ。

後ろ手縛りの、瑞々《みずみず》しい裸体が月明かりを受けて、とても綺麗に浮かび上がる。

なかなかいい娘を攫えたと、忠則はほっとする。

こんなことでほっとするおのれが、なんとも情けなかったが、これも武士の務めなのだ、と言い聞かせる。

「おまえも、こちらに来るのだ」

と彬成がずっと大木の根元にしゃがみこんだままの女を太刀の切っ先で指す。

弥生《やよい》という目が大きな女である。馬喰町《ばくろちょう》で攫った宿の女中である。

弥生はなかなか立ち上がれずにいた。忠則はすぐに弥生のもとに向かい、背中にねじあげられている腕を摑み、立たせた。

すると弥生が倒れかかってきた。忠則は弥生の裸体を抱きしめる。とてもやわらかな躰であった。

忠則は三十になる。国許には妻と子がいる。女は妻しか知らなかった。

弥生の肌からなんとも甘い体臭が漂《ただよ》ってきている。すぐそばに乳房がある。なんとも形の良いふくらみであった。

ふと、触りたくなる。揉みしだきたくなる。弥生は若様の女なのだ、と自制する。

「おまえも、悲鳴をあげないと約束するか」

と彬成が弥生に問うた。弥生がうなずくと、彬成が芳恵の時と同じように、太刀で猿轡の紐を切っていった。

口の中に押し込まれていた布を、弥生が吐いた。ねっとりと唾が垂れていく。

すると芳恵の時と同じように、彬成がそれを啜り、そのまま弥生の唇を吸っていった。弥生は抗《あらが》うことなく、彬成に唇を委《ゆだ》ねていた。

忠則も女たちの唇を吸ってみたい、と思う。下帯の中で魔羅が疼《うず》いていた。

「忠則、おまえも吸うか」

忠則の気持ちに気付いたのか、彬成が弥生から口を引くなり、そう言った。

「わ、私は……」

けっこうでございます、と忠則は頭を下げる。

「遠慮せずともよい、いい女を二人も調達してきた褒美《ほうび》じゃ、忠則。ほら、吸うのだ」

と彬成が弥生を忠則の方に押しやる。後ろ手縛りの弥生がよろめくように、忠則のそばに来た。

忠則は思わず手を伸ばし、くびれた腰を掴んでいた。

弥生の愛らしい顔がそばにある。弥生は怯《おび》えつつも、すがるような目を忠則に向けていた。

この目だ。この目が女郎たちとは違っているのだ。この目に彬成は昂ぶり、忠則も惹かれていた。

彬成と忠則を恐れながらも、生殺与奪《せいさつよだつ》を握っている彬成と忠則の顔色を窺《うかが》い、どこか女の媚《こ》びを含ませた目で、見つめてくるのだ。

憎みつつも、すがってくる。

「さあ、褒美じゃ、忠則」

忠則は弥生を抱き寄せると、その唇を奪った。舌を入れると、弥生は舌を縮《ちぢ》こまらせる。が、舌で突くと、弥生はからめてきた。

ふと、忠則は支配者になった気持ちになった。この女にはなんでも出来る、と思うと、下帯の中で一気に魔羅が大きくなった。

「武家女を連れてきたら、武家女とも唇を吸わせてやろう、忠則」

「見つけ次第、すぐに攫って参ります」

花岡紗季。番方、花岡甚八郎の娘である。小春を救うべく若様に懐剣で斬りつけた女は、あろうことか、旗本の姫だったのだ。

武家女が旗本の姫だとわかり、二度と攫うことは出来ない、と忠則は思った。だから、市中より、娘を二人攫って来たのだ。

「弥生、おまえはわしの魔羅を吸うのだ。芳恵、おまえはわしの肛門を舐めろ」

「こ、肛門……ですか……」

「そうだ。嫌か」

「いいえ、喜んで……お、お舐めします」

芳恵は仁王《におう》立ちの彬成の背後へと移動した。そしてひざまずき、尻の狭間《はざま》に顔を埋めようとする。

が、両手を縛られているため、尻たぼを開けず、肛門を舐めることが出来ない。

「あ、あの……手を……使わせてください」

と芳恵が忠則にすがるような目を向けてきた。見上げる眼差《まなざ》しがたまらない。

「若様、いかが致しましょうか」

「おまえがついておれば、大丈夫であろう。縄を解《と》いてやれ」

はっ、と返事をし、忠則は芳恵の背後にまわった。交叉《こうさ》させた両手首を縛っている縄を解いていく。

すると、芳恵が、ありがとうございます、とかすれた声で礼を言った。

「変な動きを見せたら、構わず、斬ってよいぞ、忠則」

弥生に魔羅をしゃぶらせつつ、彬成がそう言う。

彬成の尻たぼに置いた芳恵の手が震えている。ぐっと開くと、尻の狭間の奥に潜む肛門へと唇を寄せていく。

「おう、もっと、奥まで舌を入れるのだ、芳恵」

彬成が腰を震わせた。

「弥生の縄も解け、忠則」

はっ、と忠則は彬成の魔羅を懸命にしゃぶっている弥生の後ろ手の縄も解いていった。

両手が自由になっても、弥生は変わらず、彬成の魔羅に口唇奉仕を続ける。

「よし、二人ともそこに這え。尻から入れてやろうぞ」

弥生と芳恵が素直に四つん這いになる。

二つ並んだ尻を見下ろす彬成の目から輝きが失われていく。後ろ手の縄を解かせたのは、逃げることを期待してのようだった。恐怖ゆえに逆らわない二人の娘を、つまらなそうに見下ろしている。

彬成が弥生の尻たぼを摑み、ぐっと引き上げると、魔羅の先端を尻の狭間に入れていく。後ろ取りでぐぐっと串刺しにする。

「あうっ……」

弥生の背中がぐぐっと反る。すると彬成は腕を伸ばし、弥生の髷を摑むと、力強く突いていく。

「あうっ、ううっ……ああっ……」

「なぜに逃げぬのじゃっ」

ぱしっと尻たぼを張ると、彬成は弥生の女陰より魔羅を抜いた。そしてすぐさま、芳恵の尻たぼを摑み、突き刺していく。

「う、ううっ……」

芳恵がうめく。魔羅を抜かれても、弥生は四つん這いのままで、尻を掲げていた。

「逃げろっ、弥生っ。なにをしているっ」

芳恵を後ろ取りで突きつつ、彬成がぱしぱしと弥生の尻たぼを張る。が、弥生は四つん這いのままでいる。

彬成は芳恵から魔羅を抜き、逃げろっと芳恵の尻たぼを張る。が芳恵も、四つん這いのままだ。

「つまらぬっ」

「若様、いかがなされましたか」

「やはり、あの武家女を連れて来い、忠則」

「あの武家女、花岡紗季と申しまして……旗本の娘でございます」

「ほう、紗季と申すのか。旗本の娘か」

「はい……」

旗本の娘だと言えば、彬成も捕らえて来い、とは言わないと思った。が、違っていた。

「ますます突っ込みたくなったな、忠則」

「しかし……若様……」

「旗本、なにするものぞっ。捕らえて、楽しもうぞ、忠則っ」

彬成は芳恵の尻たぼを掴むと、ぐぐっと貫き、紗季か、と言いつつ、そのまま激しく突き続けた。

そして半刻後、芳恵と弥生を当て身で眠らせ、それぞれ攫った場所まで運ぶと、他言はならぬぞ、と言い聞かせ、二両を渡して、放した。

六

「今宵《こよい》も、花岡紗季を攫うことが出来なかったようじゃな、忠則」

下屋敷の奥座敷で、彬成は退屈そうに酒を飲んでいる。

「申し訳、ございません」

忠則は深々と頭を下げる。芳恵と弥生を攫ってから、三日が過ぎていた。

「つまらぬ。人を斬って、憂《う》さを晴らすとするかのう」

そう言うと、彬成は殿より頂いた名刀を手に、庭へと出た。裏口へと向かう。

「若様、人斬りは……」

「わしに命令する気か、忠則」

「いいえ、そのようなことは……」

行くぞ、と彬成が下屋敷を出た。忠則が後に続く。

四つ半（午後十一時頃）をまわった神田川沿いには人の姿はなかった。

彬成は昌平橋を町人地の方に渡っていく。すると、人の姿が見えた。女であった。

「あのおなご、この前の武家女ではないのか」

彬成の声が昂ぶった。

確かに、花岡紗季であった。なにゆえ、このような刻限にこのようなところを一人で歩いているのだろうか。

「わしを探しているのかもしれぬぞ」

そうなのだろうか。

ここは、紗季が小春を助けた場所ではない。昌平橋を渡った武家地で助けたのだ。この辺りは……彬成が未《いま》だ真崎秀次郎と名の知れぬ浪人者を斬った場所に近い。

もしかして……花岡紗季は……辻斬りを探してこのような刻限に、このような場所を一人で歩いているのではないのか……。

紗季はおなごとはいえ、なかなかの剣の遣い手と思われる。懐剣捌《さば》きはなかなかのものだった。

辻斬りと相対しても自信があるのだろう。紗季がこちらに近寄ってきた。こちらに気付いたようだ。

月明かりを受けて浮き上がっている白い美貌が、強張《こわば》ったように見えた。

「行くぞ、忠則」

彬成の目が輝いている。

「あのおなご、捕らえようぞ、真の狩りじゃ」

彬成が太刀を抜き、紗季に近寄っていく。

「あ、あなた様は……あの夜の……」

「この前は、わしに傷を付けてくれたのう。今宵、たっぷりと礼をしてやるぞ、花岡紗季」

「どうして、私の名を……ご存じなのですか」

「おまえのことはなんでも知っておるぞ。さあ、脱ぐのだ、紗季」

と呼び捨てにする。すでに彬成の中では、紗季は自分の女になっているようだ。

「私のことならなんでも知っているとおっしゃいましたね」

「ああ、知っておるぞ。父は番方であろう。おまえは旗本の姫だそうじゃな」

「それだけですか」

紗季は澄んだ目でこちらをにらんでいる。その眼差しの美しさに、忠則は圧倒されていた。

「私の思い人をご存じではないですか」

「おまえの思い人だと……」

「真崎秀次郎。三月半《みつき》ほど前、このそばで辻斬りに遭った御家人です」

「三月半ほど前……辻斬り……知らぬのう」

と彬成はとぼけた。

「真崎秀次郎には、二つの刀傷がありました。一つはかなりの遣い手が斬ったもの、そしてもう一つは未熟者が斬ったもの。剣の遣い手は、そちらの御方、そして未熟者はあなた様ではありませんか」

「わしが未熟者だと言うのか、紗季っ。わしの剣を受けてみろっ」

と彬成が紗季に向かって太刀を振っていった。

紗季は体を躱しつつ、小袖の懐から懐剣を取り出した。

「このおなごっ」

彬成が斬りかかる。それを紗季が胸元で受けた。

「こうやって、真崎に斬りつけたのですか。しかし、こうしてあっさり受け止められた」

「なにを言うっ」

彬成がぎりぎりと刃を押しつけていく。紗季はさっと下がって、間合いを開けた。

「このおなごめっ」

彬成は紗季に詰め寄りながら、太刀を振り回す。

「若様っ」

と忠則が近寄る。

「忠則、峰を打てっ」

「しかし、若様……」

柄《つか》に手を掛けたものの、忠則は太刀を抜けずにいる。

「聞こえぬのかっ、峰で打つのじゃ」

はっ、と忠則は太刀を抜いた。

紗季と向かい合う。

「あなたが、真崎を斬ったのですね」

「なんの話ですか」

太刀を峰に返すと、御免、と忠則は一気に紗季に迫った。紗季はかなりの遣い手と見たが、太刀と懐剣では長さが違いすぎた。

胸元に斬り込み、それを紗季が受けようとするのを見て、胴を払っていった。

「うう……」

紗季が膝から崩れた。そのうなじに忠則は峰を落としていった。紗季は気を失い、地面に仰向《あおむ》けになった。

「よくやった、忠則」

彬成が倒れた紗季の髻を摑み、顔をさらし上げた。

月明かりを吸った白い顔は、震えがくるほど美しかった。

「どうやら、このおなごの思い人を斬ったようだな」

「はい……」

忠則は太刀を鞘に戻すと、紗季を抱きかかえた。とてもやわらかく、甘い薫《かお》りが漂ってきた。

潤《うるお》いの刀傷

一

べたつくような酒の匂《にお》いに花岡紗季は瞳《ひとみ》を開いた。

畳の上にころがされているようだ。

目の前では、紗季に斬りつけてきた着流しの男が杯《さかずき》を重ねていた。若様、と呼ばれていた男だ。

「目を覚《さ》ましたようだな、紗季」

「あなたがっ、真崎秀次郎を斬《き》ったのですねっ」

と大声で問い、起き上がろうとした。が、両腕を後ろ手に縛《しば》られていて、うまく立てない。

懸命《けんめい》に立ち上がろうとする紗季を、若様は楽しそうに見つめている。

ようやく立ち上がった紗季は、若様に詰め寄った。

「忠則っ」

と若様が言うと、脇《わき》から袴《はかま》姿の男が紗季の腰に抱きついてきた。

「放すのですっ」

紗季は逃《のが》れようとするが、忠則の腕っ節は強く、前に進めない。

それでも、紗季は若様を澄《す》んだ黒目でにらみつけていた。

「その目だ。わしをそのような目でにらむおなごなどおらぬ」

あぐらを掻《か》いていた若様が立ち上がり、紗季のそばに寄ってきた。そして、形のよいあごを摘《つま》み、のぞきこんでくる。

「あなたが、真崎を斬ったのですか。お答えくださいっ」

息がかかるほどそばに寄った若様をにらみつつ、紗季が気丈《きじょう》に問い続ける。

「わしは辻斬りなどせぬぞ。真崎どのには、未熟者が斬った刀傷が残っておったのであろう。それがわしではない、というなによりの証《あかし》であるな、紗季」

「違います。その刀傷こそ、あなたが斬ったというなによりの証です」

「わしが未熟者だと申すのかっ」

戯《たわ》けっ、と若様が紗季に平手を見舞った。ぱしっ、という肉音が座敷に響き、紗季の優美な右の頬《ほお》に、手形が浮かび上がる。

「あなたが真崎を斬ったのですね」

「わしではないっ。わしの剣は未熟ではないぞっ、のう、忠則っ」

と若様が忠則に訊く。

「もちろんでございます。このおなご、多少剣の嗜《たしな》みがあるゆえ、自分の目を過信しているのでございます。若様の剣の腕を見誤っているのです」

「そうじゃのう。まあよい。おなごの戯《ざ》れ言《ごと》に、いちいち怒るのも大人げない。しかし、おまえはいいおなごよのう」

自《みずか》ら付けたびんたの痕《あと》を、若様が愛《いと》おしむようになぞりはじめる。

「触《さわ》らないでくださいっ」

「わしにそのような口を利《き》くではないっ」

ともう一発、今度は左の頬に平手を見舞った。

「うう……」

紗季の美貌が歪《ゆが》み、新たな手形が浮かび上がっていく。

それでも紗季は俯《うつむ》くことなく、腫《は》れて歪んだ瞳で若様をにらみつける。

紗季は神田川沿いの路上で、若様と忠則と剣を合わせ、この二人が真崎秀次郎を斬ったのだと確信していた。

真崎は相当《そうとう》腕の立つ男であった。その真崎にひと太刀で深手を負わせるのは、かなりの遣《つか》い手のはずだと思っていた。

忠則なら真崎を斬れる、と紗季は思った。忠則の太刀捌《さば》きに、紗季はなにも出来ずに屈していた。

峰《みね》打《う》ちだから生きているものの、忠則が殺す気でいたなら、紗季は今、この世にはいない。

若様の指は紗季の頰から首すじへとすべり、おもむろに小袖《こそで》の帯を解《ほど》きはじめた。

「な、なにをなさいますっ。おやめくださいっ」

しゅっと衣《きぬ》擦《ず》れの音を立てて、帯が抜かれた。小袖の前がはだけ、白い肌襦袢《はだじゅばん》がのぞく。

腰紐《こしひも》の結び目を、若様が解いていく。

「おやめくださいっ」

紗季は後ろ手に縛られた躰《からだ》をよじらせるが、忠則の太い腕でがっちりと摑《つか》まれていて、若様の手から逃れられない。

肌襦袢の前もはだけられた。形良く張った乳房があらわれた。

「ご覧にならないでくださいっ」

羞恥《しゅうち》を覚えた紗季の躰は、頰から鎖骨《さこつ》辺りまでをさっと朱色《しゅいろ》に染め上げた。

「綺麗な乳であるな、紗季」

若様が目を細め、紗季の乳房を摑んできた。

「触らないでくださいっ」

紗季の躰に鳥肌が立つ。真崎を殺《あや》めた男かもしれないのだ。

若様が右のふくらみに、五本の指を食い込ませてくる。

「なんとも言えぬ揉《も》み心地《ごこち》であるな」

若様は左のふくらみにも手を伸ばし、二つの乳房をこねるように揉んでくる。

「う、うう……おやめ、ください……すぐに、手を引くのです」

紗季は眉間《みけん》に苦悶《くもん》の縦皺《たてじわ》を刻《きざ》ませつつも、仇《かたき》と思《おぼ》しき男を美しい黒目でにらみ続ける。

「乳首が眠ったままじゃな」

と今度は乳輪に埋《う》まっている右の蕾《つぼみ》を、指先で突きはじめた。

「な、なにをなさるのですっ。おなごを縛って、乳をいじるなど、武士として恥を知りなさいっ」

「紗季どのっ、口の利き方を、お慎《つつし》みくだされ」

と忠則が言う。

「忠則様、腕をお放しくださいませ。どうか、忠則様」

紗季は振り返り忠則を見やった。

忠則はとても実直そうな風貌《ふうぼう》をしている。家臣として、この男の横暴な振舞いに付き合わせられてきたのだろう。

「乳首が芽吹《めぶ》いてきたぞ、紗季」

その言葉に耳をとられ乳房に目を向けた。右の乳首がとがりはじめていた。桃色のなんとも清廉《せいれん》な蕾だ。

酒臭い舌がしゃぶりついてきた。口に含み、じゅるっと吸いはじめる。

「あっ……おやめくださいっ……そのようなこと……ああ、おやめください」

どこぞの藩の若様なのだろう。

五人ほどの娘たちが裸で庭に放されて竹刀《しない》で追われ、尻を打たれた娘がその場でこの男に犯される、とあの夜助けた小春が言っていた。

攫《さら》った娘を犯し、人斬りまでやっている。

なんと横暴な若様なのだろうか。このような男に斬られた真崎秀次郎の無念はいかほどであっただろう。

「ああ、うまい乳首じゃ。こちらも立たせようぞ」

と左の乳首も指先で突きはじめる。

「忠則様っ、腕をお放しくださいっ」

もう一度、忠則に目を向け、紗季は訴える。忠則は苦渋《くじゅう》の表情を浮かべている。このようなことはやりたくない。しかし、禄《ろく》を食《は》む武士の定めとして、従っているだけなのだと言わんばかりの表情だ。

「こちらの乳首も立ってきたぞ、紗季。おまえも、わしにいじられて、うれしいのであろう」

若様が嬉々《きき》とした表情で、紗季を見つめてくる。にらみ返す紗季。その瞳には絶対に屈しない意志がこもっている。

「ああ、その目じゃ、紗季」

にらまれて昂《たか》ぶるのか、男は左の乳首も吸ってくる。じゅるっと吸いつつ、唾《つば》まみれにさせた右の乳首を摘み、ころがしてくる。

「う、うう……」

紗季は若様から逃れようと、懸命に、縛られた躰をよじらせる。

ふと、忠則の腕が弛《ゆる》んだ。

紗季は忠則の腕から逃れた。さっと身を翻《ひるがえ》し、駆《か》け出す。が、前をはだけられた小袖と肌襦袢が邪魔になり、思うように走れない。
すぐに若様が小袖を背後より摑んできた。
紗季は思わず前のめりに倒れていく。
小袖が剝《む》き上げられ、両腕の結び目にからまる。
「縄を解け、忠則。素っ裸に剝くのじゃ」
剝き上げた小袖を足で押さえ、若様が忠則にそう命じた。
忠則は、はっ、と返事をすると、紗季の手首に巻き付いている縄を解いた。そして
すぐに、小袖と肌襦袢を、紗季の腕から引き抜いていった。

二

腰巻きだけにされた紗季は、いやっ、と駆け出した。襖《ふすま》を開き、廊下に出る。
助けを呼ぼうとしたが、やめた。かえって、他の家臣たちを呼び込むだけだ。
雨戸は閉じておらず、紗季は腰巻きだけで庭に出た。かなり広い庭であった。小春
の話そのままであった。
紗季は走った。

「いい尻じゃ」

と背後より、若様の声がする。わざと逃《に》がされたことに気付く。

『竹刀でお尻をぶたれたら……その場で……犯されてしまうのです』

小春の怯《おび》えた表情が思い出された。

犯すために、放された。

紗季はこみ上げる怒りをおさえることができなかった。真崎秀次郎の仇と思われる男になど、絶対、犯されたくはない。

あっ、と勢いのあまり腰巻きの裾《すそ》に足を取られた紗季はよろめいた。と同時に、竹刀を振る気配を背後に感じた。

紗季は咄嗟《とっさ》に避《よ》けていた。

「わしの竹刀を避けるとは、生意気《なまいき》な」

再びしゅっと竹刀が空を切る音がする。

不覚にも紗季は腰巻き越しに、ぴしっと尻たぼを張られてしまった。

「あうっ……」

激痛が走り、思わず地面に両手をついた。

「尻をあげろ、紗季っ」

四つん這《ば》いのまま逃げようとすると、ぱしっともう一度尻たぼを張られた。

「ううっ……」

「尻を張られたら、その場で尻を差し上げるのが、おなごの務《つと》めぞっ、紗季っ」

「なにをおっしゃっているのですかっ」

紗季は四つん這いのまま首をねじり、若様をにらみあげる。

「忠則っ、腰巻きを取れ」

若様が紗季を見下ろしつつ、家臣にそう命じた。忠則の手が腰巻きに伸びてきた。

「おやめください、忠則様」

紗季がすがるように忠則を見つめる。すると、忠則がためらうような表情を見せた。

「なにをしているっ。はやく取るのだっ」

若様も自分の着物の帯を解きはじめている。

御免《ごめん》、と言い、忠則が紗季の下半身から腰巻きを剝ぎ取った。

紗季の双臀《そうでん》が月明かりの下にあらわとなった。

「ほう、これはなかなかの尻じゃのう」

着物を脱いだ若様が、下帯に手を掛ける。

いやっ、と叫び、紗季は四つん這いのまま、逃げようとした。

「忠則っ、押さえろっ」

はっ、という返事がない。四つん這いで前に進むと、紗季は立ち上がり、再び、駆け出す。

たわわに実った乳房が、上下左右に弾《はず》む。

「紗季っ、逃げられぬぞっ」

背後より若様の声がする。

振り向くと、若様が竹刀片手に追ってくるのが見える。すでに下帯を取っていた。

反《そ》り返った魔羅《まら》が弾んでいる。

顔を戻すと、視線の先に大きな木があった。塀《へい》に向かって太い枝が伸びている。

『……木を登り、枝から塀に飛び移ったのです……。小さい頃から木登りが得意だったので、逃げられました……』

紗季の脳裏に小春の言葉が蘇《よみがえ》った。

恐らくあの木によじ登って、小春は裸のまま逃げたのだろう。

私も、と紗季も木に手を伸ばした。両腕を上げて、木にしがみつく。

抱きつくようにして、よじ登っていく。

「素っ裸で木登りか、紗季。いい眺めじゃ」

ちらりと下を見ると、若様と忠則がこちらを見上げている。

わざと逃がしているのだ。恐らく塀の外で捕らえるつもりなのだろう。わかってい
ても、枝から塀に飛び移るしかない。

それでいて、木登りの動きが鈍くなる。

下から剝き出しの恥部をのぞかれていると思うと、火のような恥辱《ちじょく》を覚え、手足
が動かなくなっていく。

「ああ、ご覧にならないでください……」

「木に登って、見せつけているのは、おまえのほうだぞ、紗季」

若様の魔羅から逃れるためとはいえ、なんとはしたない姿を晒《さら》しているのだ、と紗
季はいたたまれなくなる。

「どうした、紗季」

若様が腕を伸ばし、竹刀で紗季の尻を突いてきた。

「おやめくださいっ」

と紗季は両腕両足に力をこめて、あらためてよじ登りはじめる。

「いい眺めじゃ」

若様の目を楽しませているだけだと思うと、よじ登るだけ無駄だという気もする。

いや、そのようなことはない。このままでは、若様の魔羅で貫《つらぬ》かれてしまう。若様は、真崎秀次郎を殺めた男かもしれないのだ。

そのような男の魔羅に屈するわけにはいかない。絶対、逃げないと。

突然、下から竹刀で恥部を突かれた。

「あっ……」

若様も木をよじ登り、竹刀で紗季の恥部を突いてきたのだ。

割れ目に竹刀の先がめりこみはじめる。

「おやめくださいっ」

「おう、入っていくぞ、紗季」

「いや、いやっ」

手足に力が入らなくなる。あっ、と思った時には、木から落ちていた。

紗季どのっ、と声がして、紗季は太い腕に包まれた。

「あっ……」

忠則に抱きかかえられるようにして、紗季は忠則ごと地面に倒れ込んだ。

「忠則様……」

案ずるように、紗季は忠則を見やる。忠則は背後より、紗季の乳房を鷲掴《わしづか》みにしていた。それに気付いた忠則が、あわてて紗季から手を放す。

立ち上がった紗季の裸体を、若様が真正面より抱きしめてきた。

形良く張っている乳房が、若様の胸板に押し潰され、魔羅の先端が紗季の恥部にこすりつけられてきた。

「お放しくださいっ」

「おう、抱き心地が良いのう、紗季。このまま、入れてやろうぞ。わしの魔羅を受け取るのじゃ、紗季」

抱きついたまま、若様が鎌首の先端を割れ目に押しつけてくる。

「おやめくださいっ」

紗季は逃れようと足掻《あが》くが、若様の力は意外に強く、抱き締められたまま、鎌首が割れ目にめりこんできた。

「いやっ！」

紗季は絶叫していた。が、下屋敷は静まり返ったままだ。

その間に、ぐぐっと先端が紗季の中に入ってくる。

なんということだっ、真崎秀次郎を殺めたかもしれない男に、犯されている。

「おう、熱い女陰《ほと》じゃのう、紗季」

若様の魔羅が、紗季の肉襞《にくひだ》をえぐってくる。すると両腕両足より、抗《あらが》う力が薄れていく。その間に、紗季の女陰は若様の魔羅で串刺しにされてしまった。

若様はしっかりと紗季の尻たぼを抱きかかえたまま、ぐぐっとさらに奥まで突いてくる。

「あうっ、うう……」

「おう、わしに貫かれてうれしいのはわかるが……ああ、そんなに締《し》めるでないぞ、紗季」

「う、うう……締めてなど……あうっ、いません……ああ、ああ、抜いてくださいませ……ああ、どうか、抜いてくださいませ」

紗季は若様の魔羅に圧倒されていた。胸板を押しやろうとするものの、腕に力が入らない。

下半身は立っているのもやっとの状態だ。これでは、肉の刃《やいば》から逃れるのは無理であった。

「おう、いいぞ、紗季、ああ、極上の女陰じゃっ、ああ、たまらぬぞ」

上機嫌の若様が、ぐいぐいと紗季の女陰をえぐってくる。

「あう、うう……あ、ああ……」

紗季の唇から、甘くかすれた喘《あえ》ぎが洩《も》れはじめる。

その声に、紗季自身が一番驚いた。なにゆえ、私は甘い声を洩らしているのだろう。仇の魔羅になど感じるわけがない。これはなにかの間違いだ。

「もっといい声で泣くのだ、紗季」

若様が腰の動きをはやめてきた。ずぼずぼと女陰を責められる。

「あっ、ああっ……」

なんてことだ……私は声をあげている……ああ、私は女陰を濡《ぬ》らしている……真崎秀次郎を殺めたかもしれない男の魔羅を、締め上げている……。

これは私ではない。ああ……秀次郎様……ああ、どうか、紗季をおゆるしくださいませ。

若様がぐりぐりと胸板で乳房を押し潰してくる。とがった乳首が若様の胸板にめりこみ、鮮烈な刺激を覚えてしまう。

「ああっ、ああっ……」

甘い喘ぎを抑《おさ》えきれない。魔羅が出入りしている恥部から、ぬちゃぬちゃ、というなんとも恥ずかしい蜜音が聞こえてくる。

たまらぬ、とうなりつつ、若様が紗季の女陰より魔羅を引き抜いた。

あっ、とまさに支えを失ったように、紗季はその場に崩れていった。

「四つん這いだ、紗季っ、尻を出せっ」

紗季はしゃがみこんだまま、出来ません、とかぶりを振る。

「四つん這いじゃっ」

乱れた髷《まげ》を摑まれ、ぐらぐらと頭を揺さぶられる。そして、頰を蜜まみれの魔羅で叩かれた。魔羅びんたである。

紗季は魔羅を摑んでひねりたかった。が、出来ない。喘ぎのせいで若様が真崎秀次郎の仇だという思いが薄れているのか。

「あなたが真崎を斬ったのですか」

と自分に言いきかせるように問うた。それだけを知りたかった。

「わしではない。太刀筋が乱れていたのだろう。それがわしではない、なによりの証だ。そうだな、忠則」

はっ、とそばで控えている忠則がしっかりとうなずく。

その乱れた太刀筋こそ、若様がとどめをさした証だと思うのだが、これではいつまで経っても結論はでない。

「ほらっ、四つん這いだっ、紗季っ」

紗季がかぶりを振ると、

「忠則っ、なにをしているっ。気が利かぬ奴だのう。無役《むやく》になって、国に帰りたいか」

忠則が紗季の腰に腕を伸ばし、四つん這いの姿勢をとらせようとする。

「紗季どの……四つん這いに……おねがいします」

紗季は忠則を憐《あわ》れに思えて仕方がなかった。

両手を地面につき、若様に向かってむちっと盛り上がった双臀を差し上げていく。

「おう、それでよい。なんとも言えぬいい尻をしておるな、紗季」

若様が紗季の尻たぼを撫《な》でてくる。

おぞましさと同時に、ぞくぞくとした刺激も感じている。そんな自分の躰が恨めしい。

このような目に遭《あ》えば、女陰はからからなはずなのに、潤《うるお》ってしまっている。潤っていないと、女陰は裂《さ》けてしまうからか。でも、裂けたほうがよかった。若様に貫かれて、感じたくなどなかった。

若様が尻たぼを摑み、ぐっと開いてきた。そして魔羅を入れてくる。

先端が蟻《あり》の門渡《とわた》りを通り、ずぼりと割れ目を貫いてくる。

「あうっ……ああっ……」

先端がめりこんできただけで、紗季の躰は燃え上がる。

「おうっ、ああ、熱いぞ、紗季……ああ、なんて女陰だっ、気に入ったぞ……ああ、ずっとわしのそばにいるのじゃ、紗季っ」

尻たぼに五本の指を食い込ませ、若様がぐいっと奥まで突いてくる。

「あ、ああっ……」

こらえようとしても、甘い喘ぎがこぼれてしまう。

ちらりと忠則を見る。苦渋と欲情が混じった、なんとも複雑な表情で紗季を見ていた。

目が合うと、気まずそうにそらすものの、すぐにこちらに向けてくる。

「ああ、そんなに締めるな、紗季……ああ、もっと突きたいのじゃ」

抜き差しの動きは、ゆったりとしていた。だから、どうにかよがり声をあげずに済んでいた。

ひと突きごとに、たわわな乳房が重たげに揺れる。乳首は恥ずかしいくらいにしこっている。

「ああ、出そうじゃっ……ああ、もう、我慢出来ぬぞっ」

にわかに、抜き差しの動きがはやくなった。

「あっ、ああっ……ああっ……」

おうっ、と吠え、若様が射精した。

飛沫《しぶき》を子宮で受けた刹那《せつな》、紗季の頭が真っ白になった。

ぶるぶると双臀を震わせつつ、どくどくっと放たれ続ける白濁を、女陰に浴び続けた。

三

戸が開き、忠則が姿を見せた。

紗季は素っ裸のまま、牢《ろう》に入れられていた。正座をし、ぴんと背筋を伸ばしたまま、宙を見つめていた。

後ろ取りで精汁を女陰に浴びた後、すぐに、その場で尺八をさせられた。紗季が嚙《か》むことはない、と若様は余裕を持っていた。

確かに紗季は嚙まなかった。ていねいに、若様の魔羅に付いた蜜混じりの精汁を舐め取っていた。

力を取り戻すとすぐに、また四つん這いで串刺しにされた。

紗季は唇を嚙みしめ、よがり声をこらえ続けた。

二度めの飛沫を受けた後、裸のまま後ろ手に縛られ、目隠しをされて、母屋《おもや》に連れて行かれた。

そして目隠しを取られると、紗季の瞳に牢が映っていた。

忠則がじっと紗季を見つめてくる。そして格子の前に両膝をつくと、

「申し訳ございません」

と頭を下げた。そして懐《ふところ》から鍵を取り出すと、牢の戸を開いた。

「さあ、お逃げください。今宵《こよい》のことは、すべてお忘れください」

そう言って、忠則が持参した小袖を戸の前に置いた。

「若様の命《めい》ではないですよね」

忠則はうなずく。

「では、なぜに私を逃がすのですか。忠則様は失態を責められるのではないですか」

「構《かま》いません……」

「真崎を斬ったという負い目からですか。これは罪滅《ほろ》ぼしですか」

牢の中で、正座をしたまま、紗季が問う。

「真崎という御方など、斬ってはおりません。そもそも、辻斬りなどやっていませんん」

紗季の瞳をじっと見つめ、忠則がそう言った。

「今宵も、辻斬りをするべく、神田川沿いを二人で歩いていたのではないのですか」

「違います。さあ、お逃げください、紗季どの。さあ、はやくっ」

紗季は立ち上がると、中腰になって牢から出た。そして、裸の上から小袖に腕を通し、帯を締めた。

「こちらに」

と忠則が先導し、そして庭の裏の木戸まで案内された。そこで目隠しをさせられた。

「目隠しを取らない、と約束してください」

紗季はうなずいた。拒《こば》むと、後ろ手に縛られるだけだと思ったからだ。

目隠しをされると、木戸が開く音がした。背を押されるまま、外に出るなり、駕籠《かご》に乗るように言われた。

どれくらい揺られていただろうか。

紗季は駕籠から下ろされ、目隠しを外された。先棒も後棒も駕籠舁《か》きのなりをしていたが、家臣のようだった。

それゆえ、紗季が捕らえられていた屋敷は何藩の屋敷なのかと問うても、無駄だと思った。

まわりを見ると、番町だった。町木戸のそばから、屋敷まで歩いた。自宅の屋敷に着いた頃には、夜明け近くになっていた。

今日は父は城泊まりのお勤めであった。それゆえ、夜中に、辻斬り犯を探すために神田川沿いを歩いていたのだ。

紗季は小袖を脱ぎ、素っ裸になると、井戸より水を汲《く》み、ていねいに躰を清めていった。


「お帰りなさいませ。お勤め、ご苦労様でございます」

四つ半（午前十一時頃）、千代田の城より帰ってきた父を、紗季は出迎えた。

いつもと変わらぬ顔で、父を迎えることが出来ていた。

が、心は鬱々《うつうつ》としていた。辻斬り犯らしき男を見つけながら、捕らえられ、犯されてしまった。

辻斬りははっきりしないものの、少なくとも、小春を攫い、裸にして、追い回したことは確かである。

けれど、やはり辻斬りの罪で、成敗《せいばい》したい。あの若様を土下座させ、申し訳ございません、と謝罪させたい。

そして、仇を討つのだ。

四

昼前、紗季は並木真之介に会おうと浅草界隈《かいわい》を歩いていた。昨晩のことを真之介に聞いてほしかったのだ。

定町廻りゆえに、日々、決まった場所を廻っているはずである。

真之介とよく行っていた汁粉《しるこ》屋の前で、志穂を見掛けた。お重を持っている。人待ち顔だ。

女の色香がにじんでいた。

声を掛けようと近寄ろうとすると、志穂が笑顔を見せた。視線の先に目を向けると、真之介が志穂に向かっていた。

紗季は反射的に、天水桶《てんすいおけ》の陰《かげ》に隠《かく》れていた。なぜにそんな行動を取ったのか、自分でもわからない。

あいさつすればいいだけなのに……。

真之介が汁粉屋に入る。その後に、お重を持った志穂が入っていく。恐らく、二階の個室に向かっているのだろう。

良かった、と思えばいいだけだ。志穂の処女を奪った強姦魔のおぞましい記憶を消すために、真之介に抱かれ、それがきっかけで、仲が深まっているのなら、いいことだった。

それなのに、紗季は二人と顔を合わせないように隠れ、そして離れることが出来ずにいる。

胸がざわざわしている。苦しい。

もしかして、私は悋気《りんき》を覚えているのではないのか……真之介と志穂の二人に……。

どれくらいの時が過ぎたのだろうか。汁粉屋から真之介と志穂が出てきた。

真之介が片手をあげ、定町廻りに戻った。その後ろ姿を、志穂が熱い目で見つめていた。そして、なんとも色っぽい仕草で、ほつれ毛を白い指で梳《す》き上げていった。

それを見て、紗季はどきりとした。紗季の脳裏に、裸で抱き合う真之介と志穂の恥態が浮かんだ。

紗季は真之介の後を追えなかった。

五

真之介は神田川沿いを歩いていた。五つ（午後八時過ぎ）である。

浪人が辻斬りで殺められてからは、何事も起こってはいない。賊《ぞく》はしばらく、なりを潜《ひそ》める気がしていた。

それでも、夜に神田川沿いに来たのは、紗季に会えるのではないか、と思ったからだ。

呉服問屋の笹野屋の娘が攫われた事件の折り、捕らえられた紗季を助けてから、顔を合わせていない。

廃寺の境内《けいだい》でやっていた剣術の稽古もこのところ、休みとなっている。

二人だけで会うことを、紗季は遠慮しているところがあるように感じられた。

志穂とまぐわってからだ。志穂とまぐわったのは、おぞましい強姦魔の記憶を消すためだ。

紗季からも、志穂さんを抱いてあげてください、と言われていた。

が、いかなる理由があったとしても、肌を重ねたわけである。

真之介と志穂は男と女の関係となってしまった。しかも、一度ではなく、すでに二度、三度とまぐわっている……。

もしや、そのことを知られているのではないか。志穂に遠慮して、二人で会うことを避《さ》けているのではないか。

いや、どうして紗季が遠慮するのだ。

遠慮する理由などないはずだ……。

向こうから、提灯《ちょうちん》が近づいてきた。女人であった。

「紗季どの」

「あっ……並木様……」

目が合うと、すぐに、紗季が視線をそらした。立ち止まってしまう。

真之介のほうから近寄っていく。嫌がって視線をそらしているのではない……では、なぜに……いつもの紗季と印象が違う。

「辻斬り犯はしばらくなりを潜めるかもしれませんね」

と真之介は話しかけた。

紗季は視線をそらしたままだ。いつもは、澄んだ瞳で真っ直ぐに真之介を見つめてくるのに……。

真之介を嫌がっているのではない。紗季になにかあったのか。

「紗季様、いかがされたのですか」

紗季は俯いてしまう。

「紗季様……」

紗季が真之介に手を伸ばし、着物の袂《たもと》を摑んできた。

「仇にっ、真崎様の仇に……」

「見つけたのですかっ」

「犯されたのです」

「えっ……」

紗季が提灯から手を放し、真之介に抱きついてきた。胸元に顔を埋めてくる。

「紗季様……」

地面に落ちた提灯が炎をあげる。

あまりに予想外のことに、真之介はどうしていいのかわからず、紗季のうなじを見下ろしている。

「真《まこと》のことなのですか」

紗季は黙っている。

「いったい、誰なのですか」

「今宵は、一人になりたくありません、並木様」

真之介の問いには答えず、紗季がそう言った。

「一人に、なりたくない……ど、どこか……」

二人きりになれる場所というと、汁粉屋の二階しか思いつかない。

もう一つ思い出した。志穂とはじめてまぐわった料理屋の離れがある。しかし、いずれも、すでに店仕舞いしている。

「並木様……紗季のことも……その腕で……しっかりと抱いてくださいませ……」

「紗季様……」

真之介はどうすればいいのか、どこに行けばいいのか、と頭を回転させながら、神田川沿いの路上で、紗季の背中に腕をまわしていく。

小袖越しでも、やわらかな感触が伝わってくる。うなじより、甘い薫《かお》りが漂《ただよ》ってくる。

「若様と……その家臣の二人組と……この辺りで……会いました……峰打ちをくらい
……どこぞの屋敷に連れ込まれ……ああ、そこで……若様に……」

「紗季様……その若様という男が、認めたのですか」

「いいえ……はっきりとは認めてはいません」

「そうなのですか」

「されど……わかるのです……あの二人が真崎様を……殺めたのです」

真之介の腕をぎゅっと握り締めてくる。

ううっ、という嗚咽《おえつ》が胸元より洩れてくる。

泣いているのか……紗季が……あの気丈な紗季が……。

「若様の精汁で汚れた私の躰を……ああ、志穂さんのように……並木様の御魔羅《おんまら》で
……清めてくださいませ」

そう言いながら、紗季が真之介を見上げてきた。

大きな瞳は涙で濡れていた。そこからひと筋、まさに真珠の涙が流れていく。

「紗季様っ」

真之介は考えるより先に、紗季の唇を奪っていた。

するると紗季のほうから唇を開き、舌をからませてきた。

「うっ、うんっ……うっんっ……」

舌と舌をからませあう。紗季の舌はなんとも甘かった。からませあっているだけで、とろけてしまいそうだ。

このままいつまでも紗季の舌を吸っていたかったが、五つをまわっているとはいえ、路上で口吸いを続けるわけにもいかない。

それに、紗季は志穂のように抱いて欲しい、と言っているのだ。

抱く……まぐわう……この俺が旗本の姫様と……。

志穂相手に晴れて男となり、益吉の女房のお夕とも関係を持ったが、紗季とまぐわうと思っただけで、躰が緊張で震えはじめる。

「どうなさったのですか、並木様」

と紗季が涙で濡れた瞳で問うてくる。

ああ、なんと美しいのだろう。いつもの凛《りん》とした気丈な紗季も魅力的だったが、そんな紗季が見せる涙は極上の輝きがあった。

「その若様と家臣のことを……その……もっと……くわしくお聞かせください……では、どこか……静かなところに……参りましょうか……」

はい、と紗季がうなずいた。

六

それから、どこをどう歩いたのか、あまり記憶がない。上野の不忍池辺りに、出会い茶屋が集まっているということだけを思い、歩いていた。

そして辰巳屋という茶屋に入っていた。出てきた店の主人の顔を見て、お夕と入った出会い茶屋と同じだと気付いた。

主人も真之介を見て、以前来た客と気付いたのか、連れの女が違うのを見て、ほう、という顔をした。

こういう店の主人なら、男が違う女を連れ込んできても、表情を変えることなどないだろう。

が、思わず表情を変えてしまうほど、紗季がいい女過ぎるのだ、と真之介は思った。

二階の座敷に案内された。主人が下がるなり、再び、紗季が真之介にしがみついてきた。

その手が震えていた。真之介は紗季の手の甲に、おのが手を重ねた。

「真に……私などで……良いのですか、紗季様」

ここまで来ながら、なんとも野暮なことを真之介は聞いていた。野暮だとわかっていても、もう一度、良いのかと確かめずにはいられなかった。

紗季は、はい、とうなずいた。

そして、自らの手で小袖の帯を解きはじめた。

それを見て、真之介も腰から大小を鞘《さや》ごと抜き取り、着物の帯に手を掛ける。

紗季が小袖の前をはだけた。肌襦袢がのぞいただけで、真之介はごくりと生唾《なまつば》を飲む。

すでに、何度となく、紗季の裸体は目にしていたが、これからこの躰を抱くのだと思うと、肌襦袢姿だけでも、全身の血が沸騰《ふっとう》していく。

真之介も着物を脱ぎ、下帯だけとなった。

それを見て、紗季が小袖を脱ぎ、背中を向けると、肌襦袢を躰の曲線に沿って滑《すべ》らせていった。

行灯の光の中、抜けるように白い肌があらわれる。

背中はとても薄く、腰が折れそうなほどくびれている。ほつれ毛がからむうなじは色っぽく、剣の遣い手とはとても思えない。

紗季が両腕で胸元を抱き、こちらを向いた。

「ああ、恥ずかしいですわ……ああ、はじめて裸を見られているわけでもないのに……ああ、はじめて見られている気がします」

「私も同じことを思っていました。はじめて、紗季様の躰を目にしている気がします」

「ああ……そのように……ああ、ご覧にならないでくださいませ」

腰巻きだけの見事な躰を、紗季は恥じらうようにしならせた。

見るなというのは無理であった。乳房は二の腕に抱かれていたが、豊満ゆえに、やわらかそうな肉がはみ出し、かえって、そそっている。

紗季の腰巻きを取る前に、まずは真之介のほうから下帯を取ることにした。

すると、紗季がすうっとそばに寄ってきた。

「殿方を、わずらわせるわけにはいきません」

と、乳房を抱いていた両腕を解き、紗季が下帯に手を伸ばしてきた。

真之介の目の前で、頂点まであらわになった乳房が、ゆったりと揺れる。

乳首はすでに芽吹いていた。思わず、紗季の乳房に釘付けとなる。

その間に、下帯が脱がされていった。魔羅があらわれた。ぐぐっと頭をもたげていく。

それを、紗季が白い指で摑んできた。

「あっ、紗季様っ……」

紗季の手の中で、すぐさまひとまわり太くなった。

「ああ……硬いです、並木様……」

紗季がぐいぐいしごきはじめる。

「あっ、ああっ……紗季様……」

しごかれただけで、真之介は女人のように腰をくねらせてしまう。

胸元に向けて右手を伸ばした。紗季の乳房を摑む。揉みこむと、ぷりっと弾きかえしてくるような感触を覚えた。

やわらかかったが、それだけではなかった。

志穂の乳房とも、お夕の乳房とも違う、二人のいいところを掛け合わせたような揉み心地であった。

「うう……」

と紗季が痛そうに眉間に縦皺を刻ませた。

「申し訳、ありません……」

あまりに揉み心地がよくて、思わず、手に力が入ってしまっていた。

「あら、もう、お汁が……」

そう言うと、紗季がその場に膝をついた。そして、品のいい美貌を真之介の股間に寄せてきた。

「な、なにをっ……ああっ、なさるのですかっ……ああっ、紗季様っ」

紗季の舌がねっとりと鎌首を這っていた。鈴口《すずぐち》よりにじみ出す汁で、桃色の舌が汚れていく。

ふと、志穂の顔が浮かんだ。懸命に、真之介の鎌首を舐めている顔だ。

すると、ぴくぴくっと魔羅が動いた。

紗季が唇を開き、先端を咥えてきた。

「ああっ、紗季様っ」

旗本の姫様に尺八を吹いてもらえるなど、考えてもいなかった。

すまぬ、志穂……ああ、たまらぬ……。

志穂に詫《わ》びを入れつつ、真之介は腰をくねくねとくねらせる。

紗季の唇が、反り返った胴体を滑り下りてくる。

魔羅の半ばまで、紗季の唇に包まれる。そして、じゅるっと唾を塗《まぶ》しつつ、吸い上げてきた。

「あ、ああ……」

お夕のように舌技《ぜつぎ》が優れているというわけではない。けれど、紗季が吸っているというだけで、下半身が痺《しび》れていくのだ。

紗季が美貌を上下に動かしはじめる。真之介の魔羅が、紗季の唾で絖光《ぬめひか》っていく。

真之介のほうから、魔羅を抜いていった。

紗季が、問うように真之介を見上げた。相変わらず、黒目は涙で濡れている。

「奥に行きましょう……」

はい、と紗季はうなずき、立ち上がった。乳房が迫ると、ごく自然に手が出てしまう。

摑んでしまう。揉んでしまう。

「あ、ああ……」

紗季が甘くかすれた声を洩らす。

背後から胸元を抱くような形となり、真之介は乳房を揉みつつ、うなじに唇を寄せていった。

あっ、と声をあげ、ぶるっと紗季が上体をくねらせる。

乳首がさらにしこっていき、真之介はそれを摘むと、ころがしていく。

志穂相手に男となり、お夕ともまぐわっていて良かった、と真之介は心から思った。

これが未だ童貞であったなら、抱いてください、と言う紗季を前にして、どうしていいのか困っていただろう。

真之介は腰巻きに手を掛けた。お尻のほうから剝くようにして、脱がせていく。すると、むちっと盛り上がった双臀があらわれる。ごく自然に、反り返った魔羅が深い尻の狭間に埋まっていく。

「ああ……床《とこ》に……」

と甘い喘ぎ混じりに、紗季がそう言う。

そうですね、と背後より抱きしめたまま、真之介は前へと進んだ。

紗季が襖を開いた。すると、緋《ひ》色の布団《ふとん》が二人を迎えた。枕が二つ並んでいる。尻の狭間に埋まったままの魔羅が、ぴくっと動いた。

紗季が崩れるように掛け布団に膝をついた。真之介も隣に膝をつく。

どちらからともなく唇を寄せていく。唇が重なり、舌がからみあう。

紗季が再び、しがみついてきた。今度はじかに、紗季の乳房が真之介の胸板に押しつけられてくる。

真之介は紗季の背中を撫でまわす。柔肌がしっとりと手のひらに吸い付いてくる。

そのまま紗季を寝かせようとすると、待ってください、と紗季が言った。

「掛け布団をめくってから……」

「そうですね」

真之介が掛け布団をめくると、紗季が横になった。行灯の光を受けて、紗季の白い裸体が妖しく浮かび上がる。

あまりの美しさに、真之介はしばし見惚《みと》れていた。

紗季は乳房や下腹の陰りを隠すことなく、真之介に生まれたままの裸体を晒《さら》している。

とても品良く生え揃っている陰りが、さすが旗本の姫様だと思わせる。

志穂のような蒼さはなく、お夕のように熟れてもいない。女として開花して、咲き誇りつつある魅惑の裸体であった。

真之介は下腹の陰りに引き寄せられるように、紗季の恥部に顔を寄せていく。

すると、恥ずかしいです、と紗季が両手で股間を覆った。

が、真之介にしては珍しく、手首を摑むと、ぐっと脇にやった。

「紗季様、下の毛の手入れをしているのですか」

「まさか……そのようなこと……いたしません」

真之介は紗季の下腹に顔を埋めていった。品良く生え揃っている陰りに、顔面が包まれる。

「あっ、な、なにを……なさっているのですか、並木様」

真之介はぐりぐりと紗季の恥部に顔面をこすりつけていく。

頭で考えてやっているのではなかった。考えるより先に、躰がそう動いていたのだ。

顔面が、紗季特有の甘い匂いに包まれる。普段、ふと薫ってくる体臭を濃く煮詰めたような匂いであった。

紗季の匂いは、すべて、この草むらの奥より漂ってきているのではないか、と思った。

「ああ、なりません……ああ、お顔を……ああ、お上げください、並木様」

紗季が恥じらうように、下半身をよじらせる。

真之介の顔を摑むわけにも、押しのけるわけにもいかないのか、ひたすら羞恥の熱い息を吐き続けている。

真之介は顔をあげた。恥毛に飾られた割れ目に指を添える。

「ああ、暗くしてください……」

「それは、出来ません」

「あんっ、そんな……割れ目を開くおつもりなのでしょう」

「はい」

ごくりと生唾を飲みつつ、真之介はうなずく。

「そうしたら、見えてしまいます……」

「紗季様の女陰を見るために、開くのですから」

「ああ、行灯の火を消してから……開いてくださいませ……」

真之介は、御免、とつぶやき、紗季の花唇をくつろげていった。

すると、紗季の股間で花が咲いた。桃色の花であった。それはしっとりと露《つゆ》を湛《たた》え、なにかを欲しがるように蠢《うごめ》いていた。

「ああ、これが……紗季様の女陰」

「ご覧にならないでください……ああ、ああ、並木様……ああ、どうかおゆるしください」

真之介の熱い視線を、女の粘膜でじかに感じているのだろうか、ひくひくとした恥じらいの収縮を見せている。

じっと見ていると、引き込まれていく。この小さな穴に、顔ごと突っ込みたくなる。

真之介は割れ目を開いたまま、口を押しつけていった。舌を出し、ぺろりと花園を舐めていく。

「あっ、な、なにを……ああ、なさっているのですか、並木様っ……ああ、ああっ、そのようなこと……ああ、なりません……」

真之介の舌が燃えるような粘膜に包まれる。なりません、と言いつつ、紗季の肉襞は真之介の舌を歓迎しているかのようにからんできている。

真之介はぺろぺろと紗季の女陰を舐めていた。感激しすぎて、味がよくわからない。

味がわからないのに、おいしい、と思ってひたすら舌を動かし続ける。

「あっ、ああっ……なりません……あっ、あんっ」

紗季の股間がぴくぴくと動いている。舐めても舐めても、蜜が湧き出してきていた。

真之介は女陰から顔をあげた。するとおさねが目に入ってきた。これまた吸い寄せられるように、肉芽に顔を埋め、吸い付いた。

「はあっんっ……」

紗季がとても敏感な反応を見せた。

おさねを吸うたびに、ぴくぴくっと腰を動かした。

「ああ、並木様……御魔羅を……ああ、くださいませ」

真之介は顔を起こすと、たくましく反り返ったままの魔羅をひとしごきした。

観音二刀流

一

先端を紗季の蜜と自分の唾が混じり合った割れ目に押しつけていく。

ああ、ついに……紗季様と……。

また志穂の顔が、脳裏に浮かぶ。真之介に突かれて喘《あえ》いでいる顔だ。それが、なんとも悲しそうな表情になる。

途端《とたん》に、真之介の魔羅が萎《な》えていった。あせって割れ目を突くのだが、それでも縮《ちぢ》んでいく。

紗季は瞳を閉ざし、じっと待っている。

まずい。ああ、どうしてこのような時に……ああ……大きくなってくれっ。

あせればあせるほど、まずい状況になっていく。

紗季が瞳を開いた。真之介の股間に目を向ける。

「志穂さんを思っていらっしゃるのですね、並木様」

「い、いいえ、そのようなことは……」

「あの汁粉屋《しるこ》の二階で……」

「どうして、ご存じなのですかっ」

「やはり、あそこで……まぐわっていらっしゃるのですね……」

「い、いいえっ……まぐわってなど、おりません……お昼を……ご馳走になっている……だけです……」

二度、真之介は汁粉屋の二階で、志穂とまぐわっていた。

口吸いをし、身八《みや》つ口《くち》より手を入れて、志穂の乳房を揉《も》んでいるうちに、我慢出来なくなり、お重に箸《はし》をつける前に、押し倒してしまっていた。

定町廻りのお勤めの途中でのまぐわいは、なぜか、異常な興奮を呼んでいた。

今は、すっかり萎えてしまったが、汁粉屋の二階では、我ながら惚《ほ》れ惚《ぼ》れするくらい、びんびんになっていた。

紗季が上体を起こし、あわてふためく真之介の股間に美貌を埋めてきた。

「あっ、紗季様……」

縮んでしまった魔羅を唇に含まれ、じゅるっと音をたてて吸われる。

真之介と繋《つな》がるため、懸命《けんめい》にやっているのだ。

なんということだ。もったいなさすぎて、はやく勃《た》てと、真之介は念じる。が、こういったものは念じれば念じるほど、逆効果となってしまうものだ。益吉がいれば、妙案を指南してくれるのではないかと思うが、今はそばにいない。

紗季が美貌をあげた。唇が唾で絖《ぬめ》っている。それを見て、魔羅がぴくっと動いたが、大きくなることはなかった。

「志穂さんへの思いが強いのですね……」

「そのようなことは、ありません」

「志穂さんがうらやましい……」

紗季は裸のまま再び布団《ふとん》に横になった。真之介に背を向ける。その背中は拒《こば》んではいなかった。

抱いてください、と言っているように見えた。

真之介も床《とこ》に横になると、紗季の背中を包みこむように抱きしめていった。

「しばらく、このままで……いてください。おねがいします、並木様」

乳房に置かれた真之介の手の甲に、おのが手のひらを重ねて、紗季がそう言った。

真之介は紗季の温《ぬく》もりを躰《からだ》全体で感じながら、若様について紗季が語りはじめるのを待った。

そして小半刻（約三十分）後、紗季はすべてを語り終えていた。

神田川沿いで若様と家臣らしき二人組に遭遇し、不覚にも峰《みね》打ちを食らい彼らの屋敷に連れ込まれ、若様に犯されたこと……そして家臣が牢《ろう》から逃がしたこと……。

「その若様というのは、どこぞの藩の藩主の子息なのでしょうか」

「はい……」

「となると、町方は手を出せません。大目付の仕事となります」

「そうですね……」

「ですが、その若様が辻斬りの主犯だという証《あかし》があれば、大目付に訴え出ることは出来ます」

「証、ですか……」

「はい。やはり、有無《うむ》を言わさぬ証が必要でしょう」

「そのようなもの……」

「まずは、何藩の若様なのか、そこから調べましょう」

突然、あっ、と紗季が声をあげ、双臀《そうでん》をくねらせた。その声で真之介も己れが勃起させていることに気が付いた。

紗季の乳房をやわやわと揉みつつ、辻斬りのことを考えているうちに、自然と大きくなっていたのだ。

あせりが消えたゆえに、勃起出来たのだろう。

紗季が裸体の向きを変えてきた。そして、ぐっと魔羅を摑《つか》んでくる。

「ああ、硬いです、並木様……ああ、このままください」

摑んだまま、紗季が自ら股間を押しつけてきた。お互い横向きのまま、繋がっていく。

先端が、熱い粘膜に包まれた。

「あっ……紗季様っ」

真之介は横向きのまま、ぐぐっと魔羅を入れていく。

すると、燃えるような肉襞《にくひだ》の群れが、ざわざわと真之介の魔羅にからみついてくる。

ああ……これが紗季の女陰《ほと》だ……ああ、俺はついに……紗季とひとつになったのだ……。

深々と入れると、二人は抱き合ったまま、裸体の向きを変えていく。

紗季が床に仰向《あおむ》けになり、真之介が本手《ほんて》（正常位）で貫《つらぬ》いた。

「あうっ……」

紗季があごを反らせ、白い喉《のど》を見せつける。眉間《みけん》の縦皺《たてじわ》が美しい。

俺の魔羅が紗季の眉間に縦皺を刻ませているのだ。そう思うと、紗季の中でさらにひとまわり太くなった。

「ああっ……大きいです……並木様」

紗季がしなやかな両腕を伸ばしてきた。真之介が上体を倒すと、二の腕にしがみついてくる。

胸板でやわらかな乳房を押し潰していく。すると、紗季が両足を真之介の腰にまわしてきた。

「ああっ……紗季様……」

繋がりがより深くなり、真之介の躰と紗季の裸体がぴたっと密着した。

「このままで……いてください」

真之介は紗季に言われるまま、じっとしていた。それだけでも、魔羅にはずっと刺激を感じていた。

ねっとりと包んだ紗季の肉襞が、きゅきゅっ、きゅきゅっと締《し》め上げてくるのだ。

真之介も紗季もじっとして動かない。それでいて、女陰だけが淫《みだ》らな蠢《うごめ》きをみせていた。

「あっ、ああ……」

真之介が情けない声をあげて、腰をくねらせた。魔羅がとろけそうで、じっとしていられなくなる。

「突いてください、並木様」

「しかし、突いたら、出てしまいます」

「ください……並木様の御精で……仇《かたき》に汚された女陰を清めてください」

「紗季様……」

出来ることなら、夜明けまで、ずっと魔羅で貫いたまま、紗季を抱きしめていたかった。

けれど、真之介はもう我慢出来なかった。出したかった。紗季の女陰に精汁をぶちまけたかった。

真之介は抜き差しをはじめた。勢いをつけて、旗本の姫様の女陰を突いていく。

「あっ、ああっ……あああっ……」

ひと突きごとに、紗季が愉悦の声をあげる。

ひと突きごとに、たわわなふくらみが前後に揺れる。

この俺が、へっぽこ同心と言われていたこの俺が、紗季様を魔羅一本で泣かせているっ。

感動がさらなる興奮を呼ぶ。

紗季の女陰の締め付けはきつく、少しでも気を抜くと、果てそうだった。少しでも長く紗季を感じていたい真之介は、歯を食いしばって耐えていた。

「ああ、お出しくださいい、並木様……」

「は、はい……しかし……」

もう少し、紗季の女陰に締められていたかった。

「あ、ああっ……おつらそうで……」

「い、いいえ……つらくなど……ああ、ありません……ああ、あああっ、出そうだっ」

真之介は顔面を真っ赤にさせていた。

「くださいっ、真之介様っ」

はじめて名前を呼ばれ、真之介は射精した。

どくっ、どくどくっ、と勢いよく飛沫《しぶき》が噴き出した。

「あっ……真之介様……」

紗季がうっとりとした表情を見せつつ、真之介の精汁を女陰の奥に受け続けた。

二

翌日、真之介と紗季は須田町を歩いていた。神田方面より昌平橋を渡ったところだ。武家屋敷が建ち並んでいる。

このあたりで、紗季は若様たちより逃げてくる小春と遭遇したのだ。

ずらりと各藩の屋敷が並んでいるが、塀《へい》の外から見るだけでは、とても区別がつかない。

紗季自身も、どの屋敷に連れ込まれていたのか、皆目《かいもく》わかりません、と首を振る。

「やはり、小春さんにもお願いしたほうがよいのでは」

「そうですね」

真之介はまったく紗季と目を合わせることが出来ずにいた。

紗季の美貌を目にすると、どうしても、昨夜のことが生々しく蘇《よみがえ》ってくる。

紗季の中で果てた後、一度は魔羅を抜こうとした。だが、紗季のそのまま抱いていてくださいという願いに、真之介は魔羅を抜くこともせず、汗ばんだ裸体を強く抱き続けた。

そのうち、紗季の中で魔羅が力を取り戻したが、突くことはしなかった。

そして夜明け前、出会い茶屋を出た。

それから数刻しか経《た》っていない。

紗季は今までとまったく変わっていないように見える。

もしかして、昨夜のまぐわいは夢だったのか、とさえ思ってしまう。

「夕方、今度は小春さんを連れてここに来ましょう」

「私はもう少しだけ、この辺りをまわってから、一度家に戻ります」

そうですか、とろくに紗季の顔を見ないまま、真之介は定町廻りに戻るべく、昌平橋へと向かっていった。

いくらも歩かないうちに、お重を持った志穂が辻より姿を見せた。

「志穂どの……」

どこからか、尾《つ》けられていたようだ。まったく気付かなかった。紗季のことばかりに、気を取られていたなによりの証だ。

「紗季様となにをしていらっしゃったのですか」

「いや、それは……」

紗季が若様に犯された話など、志穂には出来ない。

言葉を濁《にご》す真之介を、武家らしい大声が振り返らせた。

「紗季どのっ、どうして、こんなところに戻ってきたのです」

「ここは越前鯖江藩のお屋敷ですねっ」

紗季は声の主の位置を確認したらしい。

真之介は声に向かって駆け出した。

武鑑《ぶかん》で、この辺りの屋敷のことはあらかじめ調べてあった。

「藩の名を知られては、このまま帰すわけには参りません」

と残念そうな男の声が近づいてくる。

真之介が辻を曲がると、紗季が袴《はかま》姿の武士と対峙していた。

「やはり、辻斬りの犯人は、若様なのですね」

「違いますっ」

そう言いながら武士が刀を抜いた。峰に返し、紗季との間合いを詰《つ》めていく。

紗季が懐《ふところ》から懐剣《かいけん》を取り出し構えたが、刃の長さが違い過ぎた。

「お待ちくださいっ」

と叫びつつ、真之介が駆け寄っていく。

武士の気がこちらに向いた。その隙《すき》をついて、紗季が逃げようとした。が、武士は素早く間合いを詰めて、紗季の腰を峰で払った。

うぐっ、と紗季が膝《ひざ》から崩れる。

「なにをなさるのですかっ」

「町方風情《ふぜい》がうるさいっ」

と武士は真之介にも斬りかかってきた。真之介は腰から刀を抜く前に、肩に峰打ちを受けていた。ぐえっ、と片膝をつく。

ひいっ、という悲鳴が聞こえ、地面に倒れつつ真之介は辻に目を向けた。

お重を落とした志穂が、躰をぶるぶる震わせていた。

「志穂さん、逃げるのですっ」

と紗季が叫んでいた。

その紗季のうなじに、峰を落とすと、武士が志穂に向かって走りはじめた。

志穂はその場にしゃがみこんで動けない。

「おゆるしください……どうか、おゆるしください」

と武士を見上げてゆるしを請《こ》う志穂のうなじに、武士が峰を落としていった。

なんということだ。真之介は腰から太刀を抜き、どうにか立ち上がった。

武士が鬼の形相《ぎょうそう》で迫ってくる。近づくや、真之介に峰を振り下ろしてきた。

肩口に振り下ろされてきた峰はかろうじて受けたが、すぐに胴を払われた。

うぐっ、と真之介は膝を折った。そのうなじにも峰を打ち込まれ、真之介は気を失った。

三

「やっと捕らえてきたか、忠則」

座敷に入ってきた間部彬成が、捕らえた紗季を目にして、そう言った。

「ほう、紗季だけではなく、もう一人、武家のおなごを捕らえてきたようだな」

紗季の隣にころがされている女の前にしゃがみ、彬成があごを掴むと、顔を晒《さら》した。

「ほう、こちらもなかなかの美形ではないか」

女が目を見開いた。

彬成を目にして、ひいっと息を呑む。

「名をなんという」

「こ、小坂……し、志穂で……ございます……」

「志穂か、いい名じゃ。おまえも、紗季と同じく旗本の姫か」

「い、いいえ、御家人の娘でございます」

「そうか」

紗季も志穂も小袖の上より両腕を後ろ手に縛られ、座敷にころがされていた。

控えているのは忠則だけだ。

忠則の心中は複雑だった。

おととい、牢より紗季を逃がした忠則であったが、そのことを彬成は咎《とが》めなかった。

ただひとこと、

『わしとおまえは一蓮托生《いちれんたくしょう》なのだぞ』

と言っただけだった。

忠則には咎められたらおのれの非を認め、腹を切る覚悟はできていた。

だが、彬成は腹を切らせてはくれなかった。

翌日、紗季を捕らえるため、番町に向かった忠則が、なにもせずに戻ってきたときも、彬成はどなりつけたりはしなかった。

やはり、ただひとこと、

『武士の務めとはなにか』

とだけ聞いてきた。

武士の務めとは、殿の御為《おんため》にこの身を犠牲にすることである。

戦《いくさ》などない今の世、命を賭《か》けて殿をお守りすることはない。

『忠則、おまえはりっぱな武士であると信じておるぞ』

平時におけるりっぱな武士とはなにか……。

自問自答を繰り返す忠則が、本心では捕らえたくない紗季を追って、下屋敷を出たところで、不運にも紗季本人と遭遇してしまったのだ。

紗季は、越前鯖江藩のお屋敷ですね、と言った。素性《すじょう》を知られてしまっては、忠則もさすがに見逃がすわけにはいかなかった。二度と屋敷から出さない覚悟で。

ただ、思わぬ男と女まで捕らえることになってしまった。一人は見るからに同心。

もう一人は武家の娘だ。

同心は牢に入れてある。

紗季が目を開いた。

「志穂さん……ああ、なんてこと……この女人はなにも関係ないのです。今すぐ、解放してくださいませ」

紗季の美貌をのぞきこむ彬成に向かって、紗季が哀訴する。

「関係なくはないぞ」

そう言うなり、彬成が志穂の唇を奪った。志穂は懸命に唇を閉ざして、逃れようとしている。

「これで、わしの女となったな、志穂」

口を拭《ぬぐ》い、いきなり呼び捨てにする。

「志穂の躰を吟味したいな、忠則」

はっ、と返事をした忠則は、武士の務めに徹するかのごとく、志穂の上体を起こすと後ろ手の縄を解いていった。

両手が自由になっても、志穂は動かなかった。怯《おび》えているだけだ。そんな志穂を双《そう》眸《ぼう》で威嚇《いかく》しつつ、小袖の帯を解《ほど》いていく。

「おやめくださいっ、忠則様っ……ああ、私の躰をすぐに吟味してくださいませっ、おねがいしますっ」

紗季が懸命に若様に訴える。

「おまえの躰はすでに見ておる」

「ほ、女陰の奥の奥まで……吟味くださいませ」

「女陰の奥までのう」

彬成の目が光りはじめる。その間に、忠則が小袖を脱がせ、そして肌襦袢の前をはだけた。

豊かに実った乳房があらわれる。肌襦袢も脱がされてしまった志穂が、ご覧にならないでください、と言いつつ、両腕で乳房を抱く。

乳首は隠れたが、二の腕からやわらかそうな肉がはみ出している。

「両手をあげて、乳首を見せるのだ、志穂」

彬成が志穂の胸元に顔を寄せていく。

志穂は乳房を抱いたまま、いやいやとかぶりを振っている。

すると、ぱしっと志穂の頰《ほお》で平手が鳴った。

ひいっ、と志穂が悲鳴をあげ、あわてて両腕を乳房から離した。

「万歳だ、志穂」

はい、と言われるまま、しなやかな両腕をあげていく。

「志穂さん……ああ、私なんかのせいで……」

「大丈夫です、紗季様……」

志穂の乳房があらためてあらわとなる。両腕をあげたため、底が上向きになり、丸みがより強調される。

腋の下の産毛《うぶげ》から、女の色香が薫《かお》ってくる。

「独り身でありながら、生娘《きむすめ》ではないようだな、志穂」

そう言うと、彬成が志穂の乳房にしゃぶりついた。

「あっ、ああ……おやめ、くださいませ」

「乳をしゃぶりたければ、私の乳をおしゃぶりくださいませっ」

懸命に訴えながら、何度となく、紗季がすがるような目を忠則に向けてくる。そのたびに、忠則は視線をそらした。

彬成がふたりの躰に飽きるまで、この下屋敷に幽閉されることになる。

そして飽きたら……。

忠則にできることは何ひとつ残されてはいなかった。

「いい乳じゃ。乳首がうれしそうに、勃《た》ってきよったぞ」

桃色の蕾《つぼみ》が、彬成の唾で絖っている。

「私の乳をどうかおしゃぶりくださいませっ」

「そんなにわしにしゃぶられたいか、おまえの思い人を殺《あや》めたわしに」

彬成が自分が斬ったとはっきりと告げた。

志穂の美貌が強張《こわば》った。紗季の横顔を見つめる。

「やはり、あなたが真崎を斬ったのですね」

紗季が澄んだ黒目で彬成をにらみつける。

「そうだ。わしが斬ったのだ。真崎はたいした腕ではなかったぞ。助けてくれ、と泣きついてきおった。なあ、忠則」

「はい」

と忠則は返事をした。

「うそですっ。あなたの腕では、真崎は斬れません。忠則様に手伝ってもらわなければ、あなたはなにも出来ないのですっ」

「なにを生意気なっ」

と彬成が紗季の頬に平手を見舞った。

後ろ手縛りの紗季が倒れる。

「紗季様っ」

志穂が紗季の肩に手をかけ、上体を起こしていく。

「必ず、真崎の仇を討ちます」

凄艶《せいえん》とも言える眼差しを、紗季が彬成に向ける。

その目を見て、忠則は柄《がら》にもなく躰を震わせた。真に仇を討ちそうな気がしたのだ。それくらい、紗季の眼差しには迫力があった。

「面白いおなごじゃ。どうやって、仇を討つのだ。おまえはこれから、仇の魔羅で突いて突いて、突きまくられるのだっ」

そう言うと、彬成は自らの手で着物の帯を解き、すぐさま下帯も取った。

魔羅があらわれる。紗季に向かって、鎌首がぐぐっと頭をもたげていった。

それを目にして、志穂がひいっと息を呑む。紗季は魔羅をにらみつけている。

彬成が紗季に迫った。

「若様っ……」

紗季は後ろ手に縛られていたが、忠則は案じていた。

彬成は紗季の髷《まげ》を摑むと、美貌を晒《さら》しあげ、その頰をぴたぴたと魔羅で張りはじめた。

「どうだ、思い人の仇に魔羅びんたを食らう心持ちは」

そばにいる志穂のほうが、泣きそうな顔をしている。自由な両手で、紗季を抱きしめている。

「なにも感じません。好きなだけ張るがいい」

気丈ににらみつけていたが、紗季の瞳にじわっと涙が浮かび、雫《しずく》がひと粒、優美な頬を伝っていく。

それを彬成が魔羅の先端でなぞった。

「志穂、紗季を裸に剝《む》けっ」

と彬成が命じた。志穂が出来ません、とかぶりを振るなり、ぱんっと大きな音が鳴った。

「ひいっ」

びんたを食らい、志穂は倒れた。たわわな乳房が大きく弾む。

「志穂さん、若様の命に従って」

と紗季が言った。

起き上がった志穂が、ごめんなさい、と言って、紗季の小袖の帯を解きはじめた。後ろ手に縛ったままだ。

帯を解くと、ぐぐっと小袖の前をはだけ、そして肌襦袢の腰紐も解く。

その間、彬成が背後より志穂の乳房を揉みしだいていた。

肌襦袢の前もはだけると、紗季の乳房があらわれた。じかに、縄が白いふくらみに食い入っていく。

彬成が立ち上がり、刀掛けより脇差を手にした。鞘から刃を抜くと、ひいっと志穂が悲鳴をあげた。

彬成は紗季に迫ると、切っ先《きさき》を美貌に突きつける。そして、紗季の前で一閃させた。

後ろ手の縄が切られ、ばっさりと足元に落ちた。

両腕が自由になったが、紗季は動けずにいた。彬成が志穂の乳房に切っ先を向けていた。

「脱げ、紗季」

紗季は彬成をにらんだまま、小袖を脱ぎ、肌襦袢を脱いでいく。

形良く張った乳房が、誘うように動く。

もちろん紗季が彬成を誘うことなどない。わかっていても、忠則にはそう見えてしまう。

「腰巻きも脱げ」

紗季がためらいを見せる。

「志穂の乳首が飛んでもよいのか」

紗季がかぶりを振り、腰巻きを取った。

見事な裸体があらわれる。何度目にしても、紗季の躰は素晴らしかった。

彬成も感嘆の目で、紗季の裸体を見つめている。

「四《よ》つん這《ば》いだ、紗季。後ろ取りで入れてやるぞ」

紗季が出来ませんとにらみつけると、切っ先が志穂の太腿に向かい、すうっと動いた。

白い柔肌に鮮血が浮き出し、志穂がひいっと悲鳴をあげて、気を失った。

「志穂さんっ」

紗季がおのが小袖の袖を切り裂き、鮮血がにじんでいる志穂の太腿の上部をしっかりと締め上げた。

傷は浅かった。血が出ているが、たいした傷ではない。

紗季は美貌を寄せて、傷口をぺろぺろと舐《な》めた。唾がなによりの消毒となる。

彬成が紗季のあごを摘《つま》み、上向かせた。そして志穂の血がついた唇を奪う。

忠則は、嚙《か》まれるのでは、と危惧したが、紗季は舌まで預けていた。

彬成は紗季の舌を堪能《たんのう》している。

「血だけではなくて、これも吸うのだ、おまえの躰を見ているだけで、汁が出てきよった」

彬成が立ち上がり、先走りの汁がにじんだ先端を、紗季の美貌に突きつける。脇差は手にしたままだ。切っ先は、気を失ったままの志穂の乳房に向いている。

「若様……」

忠則が案じるように声を掛ける。

紗季が美貌を寄せていく。魔羅を嚙み切られるという危惧はないのだろうか。妙なところが剛胆である。

紗季が先端に舌をからめていく。

「おう、いいぞ」

先走りの汁が舐め取られるが、すぐにあらたな汁が鈴口《すずぐち》よりにじんでくる。

それも、紗季がていねいに舐め取っていく。

紗季の両手は自由なままだ。すぐそばに彬成が持つ脇差がある。あれを奪われたら、立場は逆転する。

が、恐らくその事が彬成には刺激となっているのだと、忠則は思った。

おのが脇差で、紗季を制している快感もあるだろう。おなごとはいえ、かなりの遣い手だとはわかっているのだから。

紗季が唇を開き、鎌首を含んでいく。優美な頰がぐっと窪《くぼ》む。

「ああ、よいぞ、紗季」

彬成が腰を震わせる。

忠則はいつでも抜けるように脇差の柄を摑んでいた。その緊張感と同じくらいの興奮が目前で展開されている。忠則は異様なほどに勃起させていた。

忠則の目は彬成の魔羅を吸う紗季の横顔に釘付けとなっている。

紗季がさらに魔羅を咥《くわ》えこんでいく。反り返った胴体の半ばまで呑み込むと、じゅるっと唾を塗《まぶ》しつつ、吸い上げていく。

彬成が紗季の唇から魔羅を抜いた。

「四つん這いだ」

はい、と紗季は志穂の隣で、四つん這いの姿勢をとっていく。

「もっと、尻をあげろ」

と彬成がぱんっと尻たぼを張る。脇差の切っ先は、志穂の乳房に向いたままだ。

彬成は剣の腕は劣るものの、紗季が不穏な動きを見せれば即、なんのためらいもなく、志穂の乳首を切り落とすだろう。

それを紗季も敏感に感じているのか、言われるまま、双臀を差し上げていく。

むちっと熟れた、なんとも言えない尻の丸みである。

「おまえは、四つん這いが一番似合うな」

そう言いながら、彬成が尻の深い狭間に、紗季の唾まみれの魔羅を突き入れていく。

すると、紗季が、いやっ、と尻をうねらせ、魔羅から逃れた。

「なにをしているっ。仇の魔羅で突かれるのは、嫌か、紗季」

彬成の目が光りはじめる。

「好きなだけ……突くがいい……しかし、必ず、仇は討ちます」

乾いた声でそう言うと、紗季は尻を差し上げた。

「入れてください、とお願いするんだ、紗季」

「そのようなこと……言えるわけがない……」

そうか、と彬成が志穂の乳房を脇差ですうっとなぞった。

忠則ははっとなった。志穂が気を失っていたから、傷はつかずに済んでいた。目を開けていれば、恐怖で志穂が動き、乳房に傷がついていただろう。

一瞬の沈黙は屈辱を伝えた。

「入れて、くださいませ……若様」

「わしの名は彬成じゃ。彬成様と呼ぶのだ、紗季」

紗季の唇がうるおいを失っていく。

「あ、あきなり様……どうか……紗季に入れてくださいませ」

「真崎秀次郎の仇の魔羅が欲しいというのか」

「は、はい……仇の魔羅で……紗季を塞《ふさ》いでくださいませ」

仇に向かって、入れてください、とねだらなければならない紗季の心中を思うと、忠則は胸が苦しくなる。

が、下帯の中の魔羅は縮むどころか、さらに太くなり、痛いくらいになっていた。

「よし、入れてやろうぞ、紗季」

右手で脇差を持ち、左手で尻たぼを摑むと、彬成がぐいっと背後より突いていった。

「あうっ……」

紗季が苦悶のうめきを洩《も》らす。

「おう、熱いぞ、紗季。仇に突かれても、濡らすのか。真崎に済まないと思わぬのか、紗季」

ぐいぐい突きながら、彬成がそう言う。

忠則も思わずひとりごちる。「濡らしてはなりませぬ。紗季どの」

「いい具合に締めてくるな。わしが仇とはっきりして、ますます女陰が喜んでいるな」

彬成は嬉々《きき》とした顔で、紗季の女陰を後ろ取りでえぐり続ける。

「う、ううう……」

「そうだろう、うれしいのだろう、紗季」

「あう、うう……彬成様に……ああ、突かれて……ああ、紗季……うれしいです……」

「そうか。おう、たまらぬぞ」

彬成が腰をくねくねさせている。はやくも射精しそうだ。

「ああ、出るぞ、紗季っ。仇の精汁を欲しいかっ」

「あ、ああっ……くださいませ……ああ、彬成様の……ああ、御精を……ああ、紗季に……くださいませ」

「そうか。よう言った」

誉《ほ》めてつかわす、と言うと、彬成がおうっと吠えた。

「あうっ……ああ……」

紗季の四つん這いの裸体がぐっと反った。魔羅で串刺しにされている双臀がぶるぶるっと震えた。

それを見ながら、忠則はあやうく暴発させそうになっていた。

四

真之介は牢の中で正座をしていた。格子《こうし》を何度も揺すってみたが、びくともしなかった。

なんという失態であろうか。紗季だけでなく、志穂まで捕らえられてしまった。

今頃……あの二人は……。

紗季と志穂の白い裸体が脳裏に浮かぶ。

戸が開き、男が入って来た。黒頭巾《くろずきん》を被っている。袴を穿《は》き、腰には大小を帯びていた。

「並木か……そうか、並木か」

と黒頭巾の男がつぶやいた。聞き覚えがある声であった。相手は真之介のことを知っている。越前鯖江藩の家臣ではないようだ。

「並木。なにも見なかった、と言ってくれぬか。さすれば、ここよりすぐに解放しよう」

　と黒頭巾の男がそう言った。

　奉行所の人間か……いったい誰だ……ここで何をしている……なぜに、鯖江藩を庇《かば》う……。

「紗季様と志穂どのは、どうなっているのですか」

「そのような女人は知らぬ」

　と黒頭巾が言った。

「私はこの目で、越前鯖江藩の家臣が、花岡紗季様と小坂志穂どのを峰打ちにするところを見ました」

「なにを寝言を言っているのだ、並木。おまえは、へっぽこ同心であろう。へっぽこには、へっぽこの役割があるのだ。すべて忘れろ」

「そのようなこと、出来ません」

　私がへっぽこ同心と呼ばれていたことを知っている者だ。

　やはり定町廻りの人間に違いない。

　もしかして、この男は……。

「二度とお天道《てんとう》様を拝《おが》めなくなってもいいのか」

「それは……」

真之介は語気を弱めた。

「これは若様のご慈悲なのだ。おまえだけは助けてやろう、とおっしゃっているのだ」

同心だけは殺さないために、何らかの取引があったということか。

「わかりました……」

「なにも見なかったのだな、並木」

「はい……」

こんなところにも同心のたくましさは生きているようだ。

「よし。悪いようにはせぬぞ」

黒頭巾の男が懐から鍵を出した。それで錠を開く。

真之介は牢から出た。出るなり、黒頭巾の男の腰から、すらりと脇差を抜いていった。

そして喉元に突きつける。

「並木っ、血迷ったかっ」

「頭巾は取りません。あなたが誰かはわかりません」

真之介は峰に返すなり、黒頭巾のうなじに落としていった。

ぐえっ、と黒頭巾の男が膝をついた。もう一度、とどめをさすべく、うなじを峰打ちにした。

恐らく、筆頭与力の大滝欣作であろう、と思われた。過日の浪人相手の辻斬りの現場に、いちはやく顔を出して、真之介を担当に指名して去って行った。

へっぽこ同心に担当させれば、うやむやにしやすい、と読んだ上での行動であろう。

が、真之介は黒頭巾は取らなかった。きちんと正体を確かめるつもりはなかった。

これからも同心として生きていく上で、はっきりと知らないほうがいいこともある。

真之介はなにも町方の上役の不正を糺《ただ》すつもりなど微塵《みじん》もなかった。

ただただ、紗季と志穂を助けたかった。

真之介はふうっと深呼吸すると、戸を開いた。

見張りの家臣が立っていた。先手必勝。真之介は迷うことなく、家臣の額《ひたい》に峰を落とした。

ぐえっ、と家臣が膝を落とす。そのうなじにとどめの峰を打ち下ろした。

廃寺での紗季との稽古《けいこ》が役に立っていた。
真之介は脇差を手に廊下を進んでいく。
ひと気はなかった。恐らく、最小限の家臣しか置いていないのだろう。
「あっ、ああっ……いい、魔羅いいっ」
前方より、女人のよがり泣きが聞こえてきた。
あの声は……紗季様……。
「ああっ……真崎様の仇の魔羅……ああ、たまらないのっ」
仇の魔羅……鯖江藩の若様が、真崎秀次郎を殺めたと認めたのか……。
真之介は声が洩れている襖《ふすま》の前に立った。
中には、真之介など歯が立たない例の家臣がいるはずだ。
とにかく、中の様子を知ることが先決である。
真之介はそっと、わずかに襖を開いた。
すると、紗季の裸体がいきなり目に飛び込んできた。
なんと……これは……。
紗季は若様と乱れ牡丹《ぼたん》(背面座位)で繋がっていた。
ちょうど、こちらを向いていて、若様の魔羅が紗季の割れ目を上下している淫絵がはっきりと見えた。

若様は形の良い乳房を背後より伸ばした手で揉みくちゃにしながら、ぐいぐい突き上げている。

「ああっ、彬成様の御魔羅……ああ、いい、いいっ……」

「仇に突っ込まれて、そんなによがるものじゃないぞ、紗季」

若様はご機嫌の表情で、紗季の躰を楽しんでいる。

なんてことだ……真崎秀次郎の仇に……突き刺されているとは……もちろん、若様が、いい、いい、と泣けと強要しているのだろう。

そばで志穂が気を失っている。その乳房に、さきほど若様の供として真之介たちを峰打ちにした家臣が、脇差の切っ先を突きつけていた。

一刻もはやく紗季と志穂を助けたいが、むやみに飛び込んでも志穂の柔肌を傷つけるだけだ。実際、太腿に浅い傷があった。

ああ、紗季様……ああ、志穂どの……。

「あっ、ああっ……忠則様のっ……ああ、御魔羅も……ああ、欲しいですっ」

と下からぐいぐい突き上げられながら、紗季が家臣に妖《あや》しく潤んだ瞳を向ける。

すると家臣が腰を震わせた。忠則と呼ばれた家臣も昂ぶっているようだ。

「忠則、魔羅を出せ。紗季の口を塞ぐのだ」

と若様が言った。

「しかし……それは……」

「紗季に嚙まれるのが怖いか、忠則」

「いいえ、そのようなことではなくて……志穂どのから刀を離すのは、危険ではないかと」

「大丈夫だ。紗季はなにも出来ぬ。わしが魔羅で串刺しにしておるからな」

魔羅を出せ忠則、と若様に言われ、忠則が脇差を畳に置いた。

真之介は手に汗を握る。待つのだ。忠則と呼ばれた男が紗季の口に魔羅を入れた刹《せつ》那《な》、飛び込むのだ。

忠則は袴を取り、着物を脱いだ。見事に鍛えられた上半身があらわれる。

「あ、ああっ……御魔羅を……ああ、忠則様っ……」

若様に突き上げられるたびに、汗ばんだ乳房が揺れる。乳首はつんととがりきり、ほつれ毛が頰にべったりと貼り付いている。

このような時だというのに、真之介は下帯の中を疼かせていた。

それくらい、若様と乱れ牡丹で繫がる紗季は、妖しくそそった。

それは目前の家臣も同じなのだろう。脇差から手を離し、魔羅を出そうとしているのだから。

下帯を脱ぐと、魔羅があらわれた。見事に天を向いている。

「ああ、ごりっぱな御魔羅……」

「わしと比べてどうじゃ、紗季」

「あっ、ああ……それはもちろん……あ、ああっ……彬成様の御魔羅が……ごりっぱです」

「そうじゃな。ほら、遠慮はいらぬ、紗季の口を塞げ」

はっ、と返事をした忠則が、紗季に迫っていく。

何度かためらった後、魔羅を紗季の唇へと持っていった。紗季がしゃぶりついた。

「う、うう……」

下から突き上げられながら、忠則の魔羅を咥えこんでいく。

「ああっ……紗季様っ……ああっ……これはっ」

忠則がはやくも顔面を真っ赤にさせている。

「気持ちいいか、忠則」

「はいっ……ああ、ああっ、魔羅が……ああ、とろけそうですっ」

「おう、女陰の締まりもさらによくなってきたぞ、紗季。上の口と下の口を塞がれて、喜んでいるようじゃな」

若様も忠則も、紗季の躰に魅了されている。

突入する機会を窺っている真之介も、腰をもぞもぞさせている。

思えば、真之介と関わるようになってから、紗季は何度となく、悪い輩《やから》に捕らえられ、白い躰を好き勝手にされてきた。

が、女という生きものはたくましいというか、恐ろしい。

いろんな悪党の手でおもちゃにされつつも、女としての魅力をさらに輝かせていた。

「あ、ああっ、もう、出してしまいそうです、若様っ」

「構わぬぞ、好きに出せばよい。これまでの褒美《ほうび》じゃ」

「あ、ありがとう……ああ、ございますっ」

忠則が腰を震わせた。反り返った胴体の半ばまで咥えていた紗季の美貌が一瞬歪《ゆが》んだ。

今だっ、と真之介は襖を開き、

「御用だっ」

と入っていった。

と同時に、忠則がぎゃっと叫んだ。

紗季が脈動を続ける魔羅を嚙んだのだ。

忠則が股間を押さえ、のたうち回る。

紗季は立ち上がるなり、志穂のそばに置かれた脇差を摑んだ。

そして、若様に切っ先を突きつけた。

「刀を持つのです、彬成様」

若様のそばに、もう一本脇差が置かれていた。

「斬らないのか、紗季」

「仇とはいえ、得物《えもの》を持たぬ者を斬ったりはしません。さあ、刀を」

彬成は、わかった、とうなずくと、脇差を手にして、正眼に構えた。

「若様っ、いけませんっ」

股間を押さえつつ、忠則が二人の間に割って入ろうとする。それを、真之介が脇差の切っ先で制する。

「忠則。邪魔をするなっ。わしが、裸のおなごに負けるというのか」

「いいえ、そのようなことは……しかし、紗季様は、かなりの遣い手と思われます」

「望むところだ。さあ、紗季。仇を斬ってみるがよい」

彬成と紗季は一間（約一・八メートル）ほどの間合いで向かい合っている。どちらかが踏み込めば、刃がぶつかることになる。

「どうした、紗季。仇に殺されるのが怖いか。おまえが気に入った。一生、飼ってやってもよいぞ」

彬成の魔羅は見事に天を突いたままだ。先端から付け根まで、紗季の蜜で絖っている。

「真崎秀次郎の仇っ。覚悟っ」

そう叫ぶなり、紗季が乳房を揺らしつつ、踏み込んでいった。

正面よりの斬り込みを、彬成が受けた。が次の刹那、腹を斬られていた。

ぐえっ、とうめくものの、彬成は立っていた。

紗季は、やあっ、と裂帛《れっぱく》の気合いを込めて、袈裟《けさ》斬りに斬り込んだ。

ぎゃあっ、と声をあげ、彬成が倒れていった。

「若様っ」

忠則が彬成のそばに寄ろうとした。そのうなじに、真之介が峰を打ち込んだ。忠則が、ぐえっ、と倒れていく。

「紗季様……」

紗季は返り血を浴びていた。凄艶な美貌や乳房に鮮血が飛び散っている。

「並木様……あ、ああ……真崎様の仇を……ああ、討ちました」

「お見事でした、紗季様」

脇差から手を離し、真之介が近寄ると、紗季も脇差から手を離し、真之介に抱きついてきた。

「並木様っ……」

「紗季様……」

真之介は紗季の裸体を強く抱きしめた。汗ばんだ肌が手のひらに吸い付いてくる。

紗季の裸体からは、むせんばかりの体臭が立ちのぼっていた。

真之介は無性に紗季の唇を吸いたくなった。それは紗季も同じなのか、美貌をあげてきた。

真之介は紗季の唇におのが唇を重ねた。すぐさま、紗季が舌をからめてきた。

ひいっ、という悲鳴があがり、真之介と紗季はあわてて離れた。

目を覚ました志穂が、斬られて倒れている彬成を見て、再び気を失った。

真之介と紗季の口吸いを見て、悲鳴をあげたのではなかったようだ。

五

「はい、どうぞ」

茶汲《ちゃく》み女の加代が、お茶と団子《だんご》を真之介の前に置いていく。

浅草の美里屋である。真之介はゆったりと茶を啜《すす》った。時はお昼前、定町廻りの途中であった。

紗季と待ち合わせをしていた。

真之介も堂々と、水茶屋からの供応を受けるようになっていた。お茶と団子だけであったが、同心としての風格が少しだけ出てきたのではないか、と勝手に思っていた。

紗季が思い人の仇を討って、半月が過ぎようとしていた。

越前鯖江藩の藩主の嫡男《ちゃくなん》である彬成は、病死、その剣術指南役である蜂矢忠則は腹を切ったと聞いていた。

筆頭与力の大滝欣作は変わらず勤めを続けている。もしかしたら、あの黒頭巾の男は、大滝ではなかったのかもしれない。

誰であっても、黒頭巾の男は、同心である真之介を牢から出すために姿を見せたのだ。

真之介は深く詮索《せんさく》はしなかった。

紗季と志穂を助け出せたのだから、それで良し、としていた。

志穂はひとまわりほど寝込んでいたが、おととい、お重を持って定町廻りの途中の真之介の前に姿を見せた。

『私のために、紗季様が……』

躰を張って守ってくれたことに、とても感謝している、と何度も言っていた。

一串めの団子を食べ終えたころ、紗季が姿を見せた。加代目当ての客たちの視線が、紗季に引き寄せられる。

きちんと島田に結い、上品な小袖を着た紗季は、まさに旗本の姫様である。藩主の嫡男を素っ裸で斬り捨てた同じ女人とは思えない。

真之介は紗季の美貌を目にした刹那より、胸をどきどきさせていた。

紗季が差し向かいに座った。

『それで、真之介様のお気持ちはどうなのですかい』

と言う、益吉の声が蘇る。

過日、益吉の店に寄った時、これまでの顛末《てんまつ》を語っていた。酔った勢いで、志穂とまぐわい、紗季ともまぐわってしまったことも話していた。

『私の気持ちとは……』

『紗季様と志穂様ですよ。これからもずっと、どちらともまぐわうなんて、いけませんぜ』

『そうだな……』

あの時、射るような視線を感じた。お夕が悋気《りんき》を帯びた目で、真之介をにらんでいた。

俺の気持ちか……。

紗季がじっと澄んだ黒目で見つめてくる。

「あの、並木様にご相談があるのです」

「なんでしょうか」

「縁談のお話が来ました。どうしたらいいのでしょうか」

「えっ、紗季様に……え、縁談、ですか」

真之介の声がひっくり返っていた。

「はい。父が勝手に話を進めているのです」

「それは……」

真之介は返事に窮した。

紗季は年頃の娘である。いつ縁談が来てもおかしくはなかった。

紗季が真之介の返事を待つように、じっと澄んだ瞳を向けてくる。

縁談などきっぱりと断り、俺といっしょになるのだっ、紗季っ。

と言えたら、どんなに良いだろう。

しかし、真之介は御家人。紗季は旗本の姫様なのだ。身分が違う。

いや、そんなことはどうでもいいではないか。紗季が気にすることはないはずだ。

しかし、やはり身分が……。

真之介はどう返答したらいいのか、迷いに迷い、顔にあぶら汗をにじませはじめた。

「私はどうしたらいいのでしょうか」

「どうしたら、と言われましても……」

紗季は真っ直ぐな眼差しで、真之介を見つめている。

はっきりとした答えを待っているのだ。それに応えなければならない。

「あ、あの……私と……その……」

「その、なんですか？」

「あの……い、いっしょに……」

なってください、と言う前に、

「あら並木様っ、紗季様っ」

と言う志穂の声が聞こえてきた。

「いっしょに……なにをするのですか」

とその続きを、紗季が問うてきた。

志穂がそばに寄ってくる。

「いっしょに……夕餉《ゆうげ》でもどうでしょう」

と真之介は言っていた。

「あら、いいですね。私が腕によりをかけておいしいものをお作りします」

と志穂が言った。

紗季がじっと見つめてきた。その瞳は、この意気地無《いくじな》し、と告げていた。

〈初出一覧〉

艶《つや》同心　小説NON　二〇一二年一月号

艶同心　駿府《すんぷ》の豪太《ごうた》　小説NON　二〇一二年三月号

艶同心　ねぶりの賽子《さいころ》　小説NON　二〇一二年五月号

艶同心　紅い花、散った　小説NON　二〇一二年七月号

艶同心　夜芽吹き　小説NON　二〇一二年九月号

艶同心　嗚咽《おえつ》の白肌　小説NON　二〇一二年十一月号

艶同心　潤《うる》い《お》の刀傷　小説NON　二〇一三年一月号

艶同心　観音二刀流　小説NON　二〇一三年三月号

一〇〇字書評

切り取り線

艶同心

購買動機（新聞、雑誌名を記入するか、あるいは○をつけてください）

□（　　　　）の広告を見て	
□（　　　　）の書評を見て	
□ 知人のすすめで	□ タイトルに惹かれて
□ カバーが良かったから	□ 内容が面白そうだから
□ 好きな作家だから	□ 好きな分野の本だから

・最近、最も感銘を受けた作品名をお書き下さい

・あなたのお好きな作家名をお書き下さい

・その他、ご要望がありましたらお書き下さい

住所	〒				
氏名		職業		年齢	
Eメール	※携帯には配信できません	新刊情報等のメール配信を 希望する・しない			

この本の感想を、編集部までお寄せいただけたらありがたく存じます。今後の企画の参考にさせていただきます。Eメールでも結構です。

いただいた「一〇〇字書評」は、新聞・雑誌等に紹介させていただくことがあります。その場合はお礼として特製図書カードを差し上げます。

前ページの原稿用紙に書評をお書きの上、切り取り、左記までお送り下さい。宛先の住所は不要です。

なお、ご記入いただいたお名前、ご住所等は、書評紹介の事前了解、謝礼のお届けのためだけに利用し、そのほかの目的のために利用することはありません。

〒一〇一-八七〇一
祥伝社文庫編集長　坂口芳和
電話　〇三（三二六五）二〇八〇

祥伝社ホームページの「ブックレビュー」からも、書き込めます。

http://www.shodensha.co.jp/bookreview/

祥伝社文庫

艶同心《つやどうしん》

平成25年10月20日　初版第1刷発行

著　者　八神淳一《やがみじゅんいち》

発行者　竹内和芳

発行所　祥伝社《しょうでんしゃ》

東京都千代田区神田神保町3-3
〒101-8701
電話　03（3265）2081（販売部）
電話　03（3265）2080（編集部）
電話　03（3265）3622（業務部）
http://www.shodensha.co.jp/

印刷所　図書印刷
製本所　図書印刷
カバーフォーマットデザイン　中原達治

Printed in Japan ©2013, Junichi Yagami ISBN978-4-396-33887-9 C0193

祥伝社文庫の好評既刊

睦月影郎ほか　秘本Z

櫻木充・皆月亨介・八神淳一・鷹澤フブキ・長谷一樹・みなみまき・海堂剛・菅野温子・睦月影郎

草凪　優ほか　秘戯E（Epicurean）

草凪優・鷹澤フブキ・皆月亨介・長谷一樹・井出嬢治・八神淳一・白根翼・柊まゆみ・雨宮慶

牧村　僚ほか　秘戯X（eXciting）

睦月影郎・橘真児・菅野温子・神子清光・渡辺やよい・八神淳一・霧原一輝・真島雄二・牧村僚

藍川　京ほか　秘本　黒の章

ようこそ、快楽の泉へ！　性の深淵を覗き見る悦感。八人の名手が興奮とエロスへと誘う傑作官能短編集。

睦月影郎ほか　秘本　紫の章

睦月影郎・草凪優・八神淳一・庵乃音人・館淳一・小玉二三・和泉麻紀・牧村僚

草凪　優ほか　秘本　緋の章

溢《あふ》れ出るエロスが、激情を掻《か》きたてる――。燃え上がるような欲情と扇情。心とろかす、至高のアンソロジー。

祥伝社文庫の好評既刊

藍川京　柔肌まつり

再就職先は、健康食品会社。怪しげな名の商品の訪問販売で、全国各地を飛び回り、美女の「悩み」を一発解決！

藍川京　うらはら

女ごころ、艶上――奥手の男は焦れったく、強引な男は焦らしたい。女の揺れ動く心情を精緻に描く傑作官能！

藍川京　誘惑屋

同棲中の娘を連れ戻せ。高級便利屋・武居勇矢が考えた一発逆転の奪還作戦とは？

藍川京　蜜まつり

傍若無人な社長と張り合う若き便利屋は、依頼を解決できるのか？　不況なんて吹き飛ばす、痛快な官能小説。

藍川京　蜜ざんまい

本気で惚《ほ》れたほうが負け！　女詐欺師vs熟年便利屋の性戯《テクニック》の応酬。ドンデン返しの連続に、躰がもたない！

藍川京　情事のツケ

妻には言えない窮地に、一計を案じたのは不倫相手!?（「情事のツケ」）珠玉の官能作品を集めた魅惑の短編集。

祥伝社文庫の好評既刊

安達瑶
消された過去 悪漢刑事《わるデカ》
過去に接点が？　人気絶頂の若きカリスマ代議士vs悪漢刑事佐脇の仁義なき戦いが始まった！

安達瑶
隠蔽の代償 悪漢刑事《わるデカ》
地元大企業の元社長秘書室長が殺された。そこから暴かれる偽装工作、恫喝、責任転嫁…。小賢しい悪に鉄槌を！

安達瑶
黒い天使 悪漢刑事《わるデカ》
美しき疑惑の看護師――。病院で連続殺人事件!?　その裏に潜む闇とは……。医療の盲点に巣食う〝悪〟を暴く！

安達瑶
闇の流儀 悪徳刑事《わるデカ》
狙われた黒い絆――。盟友のヤクザと共に窮地に陥った佐脇。警察と暴力団、相容れてはならない二人の行方は!?

安達瑶
ざ・りべんじ
〝復讐の女神〟は殺された少女なのか!?　善と悪の二重人格者・竜二&大介が、連続殺人、少年犯罪の闇に切り込む！

安達瑶
正義死すべし
嵌められたワルデカ！　県警幹部、元判事が必死に隠す司法の〝闇〟とは？　別件逮捕された佐脇が立ち向かう！